― 書き下ろし長編官能小説 ―

肉欲の種付け商店街

葉原 鉄

竹書房ラブロマン文庫

目次

この作品は、竹書房ラブロマン文庫のために
書き下ろされたものです。

第一章　肉尻人妻の筆下ろし

初見で菅豪《すがつよし》をスガツヨシと読める者はさほど多くない。

スガタケシ、カンツヨシ、スゲツヨシ、などなど誤読の連発である。

中国人と勘違いされることもあった。

間違われたことで他者を責める気はない。むしろ読みにくい名前で申し訳ございませんと思う。

「読みにくいだろうし、音読みのカンゴでいいよ」

いつしか自分からアダ名を告げるのが癖になっていた。

とはいえ、である。

「カンゴ先生、ちょっとここわからんわ！」

アダ名に先生をつけられる日が来るとは思っていなかった。しかも商店街のパソコン教室でアルバイトをしているだけの大学生の分際で。

「あ、はい、中村《なかむら》さん、少々お待ちください」

豪《つよし》は腰を低くして中村氏の席に近づいた。還暦をとうに越えた男性で、スマートフォンを持って顔をしかめている。

「スタンプがどっかいった。猿が笑顔で手を振ってるやつ」

「ああ……これはですね、横にスワイプするんです」

「スワイプってなんだい？」

「指を画面につけて、スッと滑らせるんです」

中村氏は説明を受けてもしかめっ面《つら》で難渋していた。

豪は懇切丁寧《こんせつていねい》に説明と実演をくり返す。パソコン教室と銘打ってはいるが、スマホやタブレットも取り扱《あつか》っている。年配の方々が不慣れな電子製品ならなんでもござれの地域密着型教室だ。

たまたまバイト募集のチラシを見て応募したのが豪である。

(でも、やっぱり対人はちょっと苦手だなぁ)

指導中も中村氏の顔は見ない。スマホだけを見つめて腹に力をこめる。でなければ自然と気後《きおく》れしてしまう。昔から人見知りのあがり性《しょう》なのだ。このバイトをはじめたのは自己改善のためでもある。

「先生、ちょっといいかしら？」

教室の隅《すみ》から声があがった。耳に心地よい柔らかな響きだ。

「あ、はい、茅場《かやば》さん。少々お待ちを。中村さん、いかがでしょうか？」

「あー、もういいから。カンゴ先生もこんなジジイより朝子《あさこ》ちゃんみたいな若い美人のほうが教え甲斐もあるだろう？」

「いえ、そんな……」

中村氏は悪戯《いたずら》っぽく笑って豪の腕をパシパシ叩く。周囲の老人たちも楽しげに笑っている。

「まいったな……」

からかわれるのは恥ずかしいが、和《なご》やかな雰囲気は嫌いではない。地域密着型で井戸端会議の場を兼ねている、とは経営者の言《げん》だが。

豪は馴染みきれない緊張感を抱えながら、茅場朝子の横についた。

「茅場さん、どうなさいましたか？」

「どうもありがとうございます、先生」

朝子はわざわざ席から立って会釈する。大袈裟《おおげさ》な反応がおかしくて、豪の緊張がすこし和《やわ》らいだ——が、しかし。

甘い化粧のにおいに鼻孔がくすぐられる。

おっとりした笑顔を見ると胸がざわつく。

まわりの老人より、軽く二まわりは若そうな女性である。それでいて、大学生の豪よりも一まわりは年上の熟《う》れた女性。おばさんと言うには肌に張りがあり、目鼻立ちは優しく整っている。

(美人だなぁ、茅場さんは)

茅場朝子はパソコン教室のアイドルだった。

周囲の老人の目を集めるのは顔よりも下半身である。タイトスカートをこれでもかといじめる、ボリュームたっぷりの肉尻。男は年を取るほど胸より尻に興味が移るという言説に説得力を感じる光景だ。

「マウスがおかしいんです。押しても押しても小さい箱が出てきて」

朝子は申し訳なさそうに眉を垂《た》らしている。世代的にはＰＣに慣れていてもおかしくないが、基本的に機械音痴なのだという。

「ああ……これは逆ですね。右クリックでなく左クリックをしてください」

「クリ……？」

「マウスのボタンをカチッと押すんです。押しっぱなしでなく、すぐ指を戻す感覚でやってみてください」

「すぐ、戻す……あ、できました」

少女のように顔を輝かせる人妻に、豪は自然とほほ笑みを返していた。


午前のバイトを終えたら二軒隣の喫茶店で昼食を取る。

いささか古びた店内だが軽食メニューが充実しているので重宝していた。スパゲティやサンドイッチはもちろん簡単な丼ものもある。

この日は唐揚げマヨ丼を注文した。白米に唐揚げを乗せてマヨネーズをかけただけなのに、なぜだか滅法うまい。

「お肉ばかり食べてたらダメよ、カンゴくん。はい、サービス」

丼の横にグラスが置かれた。毒々しい緑色。

青汁だ。

「いただきます……」

豪は座ったまま会釈をして青汁に口をつけた。ほんのり青臭いが、飲みにくいということもない。単品では味気ないが、唐揚げとマヨネーズの油分が中和されるような清々《すがすが》しい飲み口だ。

「最近の青汁は味も悪くないのよ？」

エプロン姿の女性が前屈みになって横顔をのぞきこんできた。

店主の赤沢桐枝《あかざわきりえ》は目を糸にしてほがらかに笑う女性だった。豪より一まわり年上のはずだが、年増というよりお姉さんと呼びたくなる若々しさを感じる。簡単にくくった後ろ髪も爽やかで親しみやすい雰囲気がある。

ひときわ目を惹《ひ》くのは、胸だった。

前屈で重たげに垂れ下がった乳房。エプロンの下で白いブラウスを張り詰めさせ、露骨《ろこつ》な皺《しわ》で「たっぷり肉付いてますすよ」と主張する柔肉。

「……美味《おい》しいです、青汁も丼も」

「よかった！　カンゴくん、いつもおいしそうに食べてくれるから嬉しいわ！」

白い歯を惜しげもなく見せる笑顔がまぶしい。豪は目を逸《そ》らしながら、ついつい頬《ほお》を染めてしまう。

「赤沢さん、注文いい？」

「はい、ただいまうかがいます。それじゃあカンゴくん、ごゆっくり」

桐枝は豪の肩を優しく叩いて、テーブル席の注文を取りにいった。

喫茶キリエは近所の主婦の溜まり場となっている。パソコン教室より平均年齢が格段に低く、朝子の姿も見られた。

「今日の日替わりランチはなにかしら？」

「旬の山菜スパゲティです。朝子さんお好きでしょう？」

「ええ、夫と子どもが脂《あぶら》っこいものばかり好むから……お昼ぐらいはあっさりしたものを食べたいんです」

おっとりした朝子と朗《ほが》らかな桐枝は相性がよく、気安い雰囲気があった。

横で静かにメニューを見ていた眼鏡の女性が控えめに手を挙げる。

「私はサンドイッチセット、コーヒーで」

真面目な表情に愛想はないが、不機嫌そうな様子でもない。小柄でスマートな体つきと学生のように若々しい顔立ちもあり、むしろ清涼感が漂っている。商店街の薬局でも人気の薬剤師だ。

「あら美里《みさと》ちゃん、今日はデザートいらないの？　よければおひとつどうぞ」

「職場でおまんじゅうをもらったので。よければおひとつどうぞ」

薬師寺《やくしじ》美里は土産物の箱を開け、場の全員にひとつずつまんじゅうを配った。律儀《りちぎ》で丁寧な態度だが、桐枝にだけはふたつ渡す。

「せっかくなので、あちらにも」

「ああ、そういう？　美里ちゃんってやっぱりよく気がつくわよね」

桐枝は注文を取り終えると、豪のテーブルにまんじゅうをひとつ置いた。

「美里ちゃんからお土産。ここで食べちゃってもいいからね」

「いいんですか……？　飲食店で持ちこんだものを食べちゃうのは……」

「いいのよ、どうせ顔見知りしかいないから」

軽快にカウンターの奥へ去りゆく桐枝を、豪はしばらく見つめていた。

自然と目が追ってしまう。

数年前に夫を亡くし、女手ひとつで店を切り盛りする未亡人。

爽やかな笑顔の奥に寂《さび》しさがあるような気がしてならない。

「こんにちはー、お疲れさまです！　みなさんもうゴハン食べてます？」

入り口のドアが開いて快活な声が店内に響いた。

スタイルが抜群に良い女性だった。薄手のトレーニングウェアに包まれた体は起伏がクッキリしている。ヨガ教室のインストラクターをしているだけあって健康的なしなやかさである。

そんな体つきとおなじぐらい目立つのは、色彩だった。

白い肌に狐色の髪、ほの青い瞳など、すべては生まれつきのものだという。

白鳥久留美《しろとりくるみ》はドイツ系クオーターなのだ。

「お席ひとつ失礼します、みなさん」

礼儀正しく頭を下げてから主婦の寄り合いに参加する。まだ二〇代の若い女性だが、明朗快活で腰が低いので年長者からの受けもいい。

(目の保養になるなぁ)

久留美も朝子も美里も美女と言っていいだろう。寂れかけた商店街には似つかわしくないほどに。

なかでも心躍る美女は、厨房でテキパキと調理をこなす未亡人である。

菅豪は赤沢桐枝に恋をしていた。


豪の自宅は古びたアパートの一室だ。

畳敷きの1Kで値段は控えめ。

最寄り駅まで徒歩十分。商店街までは五分。大学には電車を使わず自転車で二十分。

立地は悪くないし風呂トイレはいちおう別。時代錯誤のバランス釜には面食らったが、追焚《おいだ》きもできるし、慣れればさほど悪くもない。

バイトから帰宅すれば大学の課題をし、終われば適当に余暇を過ごす。ゲームをしたり、サブスクリプションで映画やドラマを見たり。

「そろそろ就職活動も考えていかないとなぁ」

口でそう言っても、切迫感と現実味がない。日常がのんべんだらりと過ぎていく。

睦《むっ》みあうような相手もいない。

赤沢桐枝に恋をしていても、行動に移すつもりはなかった。

十歳ほども年上の相手だし、子ども扱いされて終わりそうな気がする。せめて社会人になっていれば話は別かもしれないけれど。

（たまに喫茶店に行って、手料理を食べられたらそれでいい）

豪はもともと内気で、異性関係にはとりわけ奥手だった。パソコン教室でバイトしているのも、恋愛対象になりえない老人が多いからだ。それでいて対人スキルを養うことができると思って、働いてみた。

朝子のような美しい人妻がいるのは誤算だったけれども。

ティロリロリロ、とスマホが鳴った。

SNSアプリからの通知だ。

画面をタップすると、パソコン教室用のグループ会話チャットが表示された。ご老人方がSNSに慣れるために用意したものだ。

『誠に申し訳ございませんが、先生に相談に乗っていただきたく、連絡《れんらく》さしあげました――茅場朝子』

わざわざ文末に名前をつけるのが朝子らしい。登録された名前が別枠で表示されていると気づいていないのだろう。

あくまでテスト用のチャットなので、相談は受け付けていないのだが。時間外労働をするのも億劫《おっくう》である。相手が美人妻でなければの話だが。

豪はグループでなく、朝子個人にメッセージを送った。

『グループチャットはメンバー全員に公開されてしまうので、相談事はこちらで個人的にするのが良いと思いますが、いかがでしょうか？』

対する返事は、既読マークがついてからたっぷり十分かかった。

『できれば、私の家にお越しいただけないでしょうか――茅場朝子』

豪は固唾《かたず》を呑んだ。

さすがに自宅訪問はパソコン教室の業務内容に含まれていない。そうでなくとも、仕事場で知り合っただけの美人の家にお邪魔するなど、緊張して仕方がない。

『お電話してもよろしいでしょうか？　――茅場朝子』

さらに追い撃ちがきた。

「どうしよう」

困惑しながら、スマホの液晶画面上で指を動かし、文字を入力していく。

『電話でなくこのアプリで通話すれば無料ですよ』

とりあえず、会話だけでも。

緊張はするが、これも経験だと自分に言い聞かせて挑戦してみた。

茅場家はごく一般的な一戸建ての民家だった。

やってくるなりリビングに通され、ソファに腰を下ろすとコーヒーを出された。

「今日はわざわざごめんなさい、先生。コーヒーを淹《い》れるのは桐枝さんほど上手《うま》くないけれど、ケーキもありますので」

「あ、いえ、おかまいなく……」

コーヒーの横にモンブランが添えられた。好物だ。

お言葉に甘えて一口食べて、コーヒーを口に含む。ケーキの甘みとコーヒーの苦みが適度に中和されて食べやすい。糖分とカフェインが脳を覚醒させる。

「それで、いったいどういう事情なんですか？」

結局、通話では詳しい話ができなかった。朝子は「とにかく家にきて助けてほしい」と切実に訴えかけてくるだけだった。

豪は押し切られて自宅訪問することになったのだが。

朝子は事情を問われて苦しげに細い眉を寄せていた。

「実は……請求のメールがきたんです」

「それは詐欺じゃないでしょうか」

思わず反射的にそう答えてしまった。いわゆる高額請求のメールは十中八九が詐欺と考えていいだろう。引っかかるのは高齢の老人が相場だが、朝子もインターネットの知識は同レベルである。

「ですけど、たしかに私、心当たりがありまして……」

「だれにでも当てはまることを適当に書いて騙《だま》そうとしてるだけじゃないかと」

「そんな酷《ひど》いこと、ほんとうにする人がいるんですか……？」

朝子は世間知らずなほどにお人好しだった。自分より年上とは思えないが、そんなところも可愛げに見えて、豪は苦笑してしまう。

「そのメールを見せていただけませんか？」

「え……」

「お願いします」

すると朝子の顔が紅潮した。

深くうつむいても耳の赤さは隠せない。

「茅場さん……？」

「……覚悟はしていました。スマホでお手紙を送ったときから」

朝子はおそるおそるノートパソコンをリビングテーブルに置いた。つたない指遣いでキーボードを叩き、タッチパッドを撫でる。

「どうか笑わないでください……」

ノートパソコンが豪のほうに向けられた。

開かれたメールを見て、豪は「なるほど」とうなずく。

「詐欺ですね、これ」

「でも、私たしかに、そういう、その、あれを、見てしまって……」

「不審なサイトでリンクを踏んで、表示されたボタンを押すなどしてしまうと、自動的に料金の請求がメールで届くようになってるんだと思います。支払いの義務は一切ありませんのでご安心ください」

後ろめたさとネット・リテラシーの低さに付けこむ手口だ。典型的な詐欺だが、いまだに横行している以上は一定の効果があるのだろう。

（それにしても……まさか茅場さんがそういうサイトを見てるなんてなぁ）

おっとり貞淑《ていしゅく》な人妻の意外な側面だが、彼女も人間ということだろう。女性だろうと既婚者だろうと、好奇心や欲求がなくなるわけではない。

豪はなんでもないことのように笑顔を取りつくろった。動揺が顔に出ないよう丹田《たんでん》に力を入れながら。

「支払わないと法的な手段に出るとメールに書いていたのですが……」

朝子は豪の横に座り、身を乗り出して指で示す。

「法律はこんな詐欺の味方をしませんよ。たぶん警察からも詐欺注意の情報が出てると思いますので、調べてみましょう」

豪は警察のサイトを見るべく、検索ボックスをクリックした。

瞬間、「あ、まずい」と思ったが、すでに手遅れである。

ボックスの下に検索履歴が表示された。

〈夫／セックス／淡泊〉

〈夫婦／セックスレス〉

〈妻／淫乱／嫌われる〉

〈人妻／浮気〉

〈若者／熟女／好き／不倫〉

……などなど、様々に、卑猥《ひわい》な単語が羅列されていた。

凍りつく豪の横で、朝子も硬直していた。自分が検索したのだと明言するような反応だ。

ただただ無言の時間が流れゆく。

「……あの」

豪はどうにか声を絞《しぼ》り出したが、つづく言葉が出てこない。

また無言がつづくかと思われた。

そっ……と、膝に手が乗せられた。

朝子は顔をリンゴのように赤くして、目を合わせようとしない。が、心なしか肩を寄せてきている。ふたりの距離は指先ひとつ分も離れていなかった。

「ごめんなさい……お見苦しいものを見せてしまって」

吐息が近い。腕と脚を密着して、耳元でささやくように言ってきている。豪の太ももに触れ、撫でる手つきはひどく悩ましかった。

「あ、あの、茅場さん……？」

「先生は私のことを、どんなふうに思っていますか？」

「と、とても奥ゆかしくて、優しげな方だと……」

「幻滅しましたか……？」

距離が近いとまったり濃厚な匂いがする。化粧と体臭が入り交じった女の芳香だ。若い女では出しようのない、南国の果実のように熟れた香り。男の本能をかき立てる強烈なフェロモンである。

「その、茅場さん、俺は……」

「恥ずかしながら、私……性欲が、強いほうなんです」

朝子は上体を倒してしなだれかかってきた。豪の腕をふんわり柔らかな乳房が包みこむ。ちょうど谷間に挟まれる形だった。

「あ、あの、ええと……」

豪の頭は沸騰しそうだった。女体に触れた経験などない。触れられた経験はもっとない。乳房の感触など記憶もない赤子のころ以来だろう。

ふたりきりの空間がひどく淫猥《いんわい》な空気に満たされていた。呼吸するだけで体内に熱い衝動が満ちていく。

「主人とは……この五年ほど、あまり夜の関係がなくて。夫も若くないので、子どもが寝静まるころには眠気に抗《あらが》えず……私からスキンシップをしても、めったに反応してくれないんです」

彼女の手が太ももから登りだした。

脚の付け根にすこし触れただけで、男の突起物が急速に膨張《ぼうちょう》する。

「あ……先生、硬くなってるんですね」

触れずともズボンが突っ張ればわかるのだろう。朝子はゴクリと露骨に喉《のど》を鳴らし、小さく「すごい」と呟いた。

「主人と違って、こんなにすぐ大きくなって……若いって、ほんとうに力強い」

「ご、ごめんなさい、つい……」

「謝らないでください……私の体に魅力を感じてくださったのですよね？」

「も、もちろん茅場さんはお綺麗《きれい》ですし、魅力的な方ですが……」

それでも、豪には心惹かれる女性がいる。

人妻の誘惑に耐えなければ彼女に顔向けできない。

だが、事もなくズボン前面の尖りを握りしめられ、腰砕けになってしまう。

「私とセックスしたいと思いませんか？」

「か、茅場さん、そんなとこ触っちゃいけません……！」

「このガチガチに硬い、熱くたぎったものを、入れてみたいと思いませんか？」

指先で圧迫されて、逸物《いちもつ》が甘美な痺《しび》れを放った。

ズボン越しとはいえ異性の手である。触れられた事実にまず胸が高鳴り、直接的な快感に腰が震える。心では躊躇《ちゅうちょ》しながら、体は抗えない。

「先生……」

朝子の顔が近寄ってくる。

目と目が合った。潤《うる》んだ瞳から逃げられない。美しいと思う。

豪は金縛りに遭《あ》ったかのように、唇の触れあう瞬間を迎えた。


脳が白くなっていた。

自分がなにをしていたのか、豪はよく覚えていない。

ただ、唇をちゅっちゅと吸われた気がする。

吸われるままに舌を出して、その舌も吸われた。粘膜と粘膜が絡《から》みあい、甘い味がして、いつしか自分からも舌を動かしていた。はじめてのキスにしてはあまりにも生々しくて艶《なま》めかしい。

思考が淫《みだ》らに染まって、判断力も溶けていった。

だから、衝動のままに動いていたのだ。

柔らかさを求めて胸に触れていた。

「ああ……」

甘い声に脳がいっそう溶け落ち、手の平が自然と動き出す。

揉《も》んだ。手の平が沈みこむほど実った乳房を。

季節は春。気候は穏やかで服の生地も厚くない。春用のニットセーター越しでも肉の柔らかさがしっかりと感じられた。指先にぽちりと硬いものが当たると、朝子の体が切なげによじれる。

「んっ、あぁ、先生、そこは……っ」

胸の突端部分がすでに硬くなっている。豪の愛撫に体が悦《よろこ》んでいる証拠だが、そこには重要な事実が潜んでいた。

「茅場さん……ブラは、してないんですか……？」

「ええ……ずっとノーブラでした」

「どうして……？」

まさか普段からノーブラで過ごしているとは思えない。女性のバストはブラジャーで支えなければ靱帯《じんたい》が伸びてしまう。垂れる、というやつだ。触ってみたかぎりは形が崩れている感もない。

「もしかしたら……先生が気づいてくださるかと思って……」

朝子は目を伏せて恥ずかしげに言った。

言葉の意味が曖昧《あいまい》で、豪には数瞬の猶予《ゆうよ》が必要だった。

気づいた瞬間、タガが外れる音が聞こえたかもしれない。

「最初から、誘っていたんですか」

問いかけながら揉みしだく。手の平全体を使って乳肉をこねまわし、指先で乳首をいじりまわす。積極的な責めが効いたのか、朝子は顎をあげて心地よさげに声を甘くした。

「はぁ、んっ、ぁあ……！　ごめんなさい、期待してました……！　夫じゃない男のひととふたりきりなんて、滅多にないから……！」

ずっと浮気をしたがっていた。

あの貞淑で穏やかにしか見えなかった、美しい人妻が。

豪は女の業《ごう》に圧倒されながら、負けじと両手を使った。

左右の乳房を楽しみながら、ディープキスで舌を味わう。

(俺は赤沢さんが好きだったのに、なんでこんなことしてるんだろう)

疑念がよぎるのは一瞬だ。

ジィイー、とズボンのファスナーが下ろされていく。朝子が脱がせようとしている、と認識するころにはベルトまで外されていた。

「直接、触りたい……！　先生の、若い男のひとの、おち×ぽ……！」

朝子もまた豪とおなじように性欲の走狗《そうく》と化していた。

溜まり溜まった肉欲のまま、衝動的に、生の逸物を暴き出す。

青筋の走った雄々しい肉棒が天を衝《つ》いた。

「まあっ……！　すごく、たくましいです……！　素敵……！」

さすがに豪も戸惑うが、制止の声をあげるよりも朝子が早い。

思いきり握りしめてくる。

充血しきった海綿体は女の握力をたやすく押し返した。

「すごい、すごい……！　こんなに硬い……！」

「ぐっ、あ、あの、さすがにそこまでしちゃうと、本当に危ない……！」

「も、もっと触らせてください……！　先生の、おち×ぽ、触りたい……！」

話を聞く余裕もないらしく、朝子は夢中で男根をいじりまわした。

細く長い指が絡みつき、締めつけ、撫でまわしてくる。性感神経の密集部である突起物には痛烈に効く。すべてが未知の快感を呼んだ。

「あっ、うぅ、茅場さんっ……！」

豪は息吐《いきつ》く暇《ひま》もなく、ただ反射的に乳房を揉むばかりだった。

ただ性感が刺激されるだけではない。たびたび感じる冷たさは、左手薬指の結婚指輪だろう。人妻と触れあう背徳感に快美な鳥肌が立つ。

(浮気とか不倫とか、絶対ダメなのに……！)

――駄目なことだから余計に燃える。

そういった人に言えない性癖を豪ははじめて理解した。

「あぁ、大きさも主人よりすごい……！　熱いし、カリも高いし、ビクンビクン動くのもすごく元気で、若さを感じます……！　ああ、すてきぃ……！」

朝子はすっかり暴走していた。男根の形を確かめるような手つきから、握りしめて上下にしごく手つきへと。男に快楽を与えるための手淫だ。

「ああっ、茅場さん、茅場さん……！」

「声も若いんですね……可愛らしい、先生……！」

しごきながらキスをしてきた。たがいに何度も舌を絡めた。豪の口周りが唾液《だえき》と口紅で汚れても止まらない。まるで本能の獣だった。

豪は貞淑妻の猛攻に圧倒され、刻々と腰を痙攣《けいれん》させていく。

「くっ、ううっ、茅場さん、俺、もう……！」

股ぐらの海綿体に蓄積された肉悦が激しい電流に変わりつつあった。鈴口からは透明な露《つゆ》が横溢《おういつ》し、摩擦《まさつ》感《かん》に適切な潤滑《じゅんかつ》を与える。

もうすぐ爆発してしまう。

生まれてはじめて、異性によって射精させられてしまう。

「ごめんなさい、先生……！　私に見せてください、先生の精液……！」

朝子は謝罪しながらも、手を緩《ゆる》めるどころかさらに速めた。

ぢゅっこ、ぢゅっこ、と水音を奏《かな》で、れろれろぢゅぱぢゅぱと舌を吸う。

童貞に耐えられるはずがない。

「いくッ……！」

豪は腰を突きあげて絶頂に達した。

灼熱感が白い澱《おり》となって尿道からほとばしり、朝子の手を汚す。

夢のように至福の時間だった。自分の手で出すのとはまったく違う。そしてそれは、きっと彼女にとってもおなじだったのだろう。

「すごく元気に飛んでます……！　あっ、服にかかって、あっ、すごいっ、どろっどろで粘っこい……！」

セーターの袖はおろか胸元まで汚されても嫌がる素振りはない。むしろ雄々しい射精に見とれて、甘い吐息を何度もこぼしていた。

「ご、ごめんなさいっ、止まらないっ、あぁ……！」

「こんなに出してくださるなんて……悦んでくださるなんて……」

みなまで言わずとも、男の絶頂に感動していることは伝わってくる。

感動しているのは豪もおなじである。

（だれかに射精するのって、こんなに気持ちいいのか）

白い汚物を排泄《はいせつ》し、それを受け入れられることには、たまらない充実感がある。自分の存在を認めてもらえたような安心感すら覚えた。ほかの女性への恋心も一時的に忘れてしまうほどに。

「茅場さん……俺も、茅場さんをもっと気持ちよくしたいです」

いまは感謝の気持ちを行為で伝えたかった。

朝子はソファで大きく脚を開いた。

むっちりした太もものあいだで咲き誇るのは赤い下着。薔薇《ばら》のように鮮やかな紅色だが、中央部だけは妙に黒っぽい。

「ああ、あまり見ないで、先生……」

手で顔を覆《おお》いながらも脚を閉じようとはしない。黒っぽい色が中央から広がっていく。湿り気がにじんでいることは豪にもすぐにわかった。

（俺なんかに見られて、こんなに興奮してくれるなんて……！）

嬉しくて涙が出そうだった。

「触ってみます……嫌だったら言ってください」

「ああ、先生……！」

朝子の脚がさらに開かれた。歓迎してくれているのを、ひしひしと感じる。

豪は左手で内ももに触れ、肉の豊かさに驚きながらも、右手の人差し指をそっと湿り気の中心にあてがった。

くちゅ、とささやかな音をともなって、指先がたやすく沈んでいく。

「はぁぁあっ……！　若い男のひとに、触られてる……！」

「濡れてます、茅場さん……濡れて、柔らかくて、動きやすい……」

下着ごしにも秘処の柔らかさが感じられた。

軽く上下にこすれば、朝子の脚がひくひくと震える。下着の向こうでも敏感な部分が小刻みに震え、染みがさらに広がった。

「女のひとってこんなに感じてくれるんですね……」

「あぁ、だって、だれかに触ってもらうなんて久しぶりで……！」

「自分で触るより気持ちいいんですか？」

純粋な疑問が口を突いて出たのだが、意図せず意地悪な問いかけになっていた。それがかえって朝子の被虐心《ひぎゃくしん》を刺激し、背徳的な興奮を誘う。

「ゆ、指でこんなに気持ちよかったこと、一度もありません……！」

「え、それって、旦那さんよりも……」

「ああ、言わないでっ……！」

いやいやとかぶりを振るたびに下着が濡れていく。すでに全体がぐっしょりと湿り、スカートやソファにまで染みこんでしまいそうだ。

打てば響くような反応に、豪は感心し興奮した。

（こういうコミュニケーションもあるのか）

対人能力低めの豪にとって新鮮な悦びだった。加速度的にのめりこみ、行為がエスカレートしていく。

下着ごしに溝をなぞるだけでなく、指先を思いきり押しこんでみたり、溝の上端のポチッとした粒を集中的にいじってみたりもした。

「あっ、ああッ、だめッ、先生っ、あああぁあ……！」

朝子が喘《あえ》ぐと太ももが汗ばみ、むわりと甘ったるい匂いが漂う。熟成したメスのフェロモンが豪を狂わせた。

「直接……触ります」

声は返ってこない。羞恥心《しゅうちしん》のあまり不貞妻は黙りこくっている。

かわりに、股ぐらがぐっと押しあげられた。触ってくれ、というように。

触った。

パンティを横に押しのけて、ふっさりした陰毛の狭間《はざま》。じゅくじゅくにぬかるんだ肉唇を、指で優しくなぞる。

「あっ」

朝子がのけ反《ぞ》り、甘い声が鼻を抜けた。

豪は耳から脳へと官能の火であぶられ、さらに熱中していく。

赤く赤く色づいた唇の狭間を何度か往復。くちゅくちゅ、と音を立て、徐々に肉厚の陰唇を割っていった。やがては窄《すぼ》まった穴を探り当てる。

いったん指を離せば、とろりと糸を引いた。すでに準備はできている。

「……入れます」

「ああッ……！　先生……！」

小穴に指を押し当てると、思いのほか簡単に突き刺さった。濡れそぼって柔らかくなり、男の侵入を待ち受けていたのだ。

「はッ、はあッ、あぁぁあッ……！　指、硬い……！」

「朝子さんのは柔らかくて、入りやすいです……いじりやすいおま×こです」

「そんな、おま×こだなんて、ふしだらな言い方はっ……！」

思わず下品な単語を口にしてしまった。が、あきらかに膣内がびくりと震えて悦んでいる。むしろ下品だからこそ嬉しいといった様子だ。

「茅場さんのおま×こ、いじりまわしますね」

「ひあぁあっ、恥ずかしいぃ……！」

指を奥へ奥へとねじこんでいく。よく湿った粘膜が口腔のようにしゃぶりついてくる。温かくて、ヌメヌメしていて、ただ挿入しただけで心地よい。

それでいて、強く締めつけることはない。肉襞《にくひだ》のひとつひとつが指をなめたくって、幸せそうに唾液をこぼしている。優しくて淫《みだ》らな朝子らしい膣穴だった。

「こんなに指をなめてくれるなんて、ほしがりなおま×こですね」

褒めてるつもりだが言葉責めになってしまった。

「あぁぁ、ほしがりでごめんなさい……！　でも、もっとほしいです……！」

ご要望のとおり、人差し指を根元まで差し入れた。

指を曲げて膣内のあちこちをいじりまわす。穴の狭さや襞の形などは場所によって違い、探索のし甲斐があった。童心をくすぐる洞窟と言ってもいい。

あちらこちらと探っているうちに、ふと気づく。

手が愛液にまみれていた。手首までドロドロである。

ソファには大きな染みができていた。

「あうッ、んんっ、んーッ、んうぅ、ううぅぅ……！」

朝子は指を噛《か》んで、顔の紅潮を首と耳にまで広げていた。呼吸は乱れ、肩と胸がしきりに上下する。

絶頂に達した気配はまだない。女性経験ゼロの豪だが、なんとなくそう思う。朝子の反応が良すぎるおかげで、一時的に自信過剰になっていた。

「茅場さん、もしかしてイクのガマンしてます？」

「は、はい……ガマンしたほうが、もっともっと気持ちよくなれますから」

直感が的中してますます自信がつく。

そして追撃の言葉が童貞男のプライドをくすぐった。

「先生のおち×ぽで、イキたいんです……！」

夫よりも自分を選んでくれた。

恥も外聞もなく、息子のように若い男に貫《つらぬ》かれるのを望んでくれた。

（なら、男として応えないと）

豪は生唾《なまつば》を飲んで喉を湿らせ、極力男らしい声を心がけた。

「セックスしましょう、朝子さん」

「……はい、豪さん」

下の名前を呼ばれて、朝子は声と腰を震わせ感じ入っていた。


意外だったのは体勢だった。

「どうか顔は見ないでください……」

朝子は豪に背を向けてソファに膝を立てた。

背もたれに手をつき、尻を押し出してくる。

ド迫力の肉尻だった。

（大きい……！）

思わず声に出そうになった。

濡れたスカートが腰に引っかかり、豊満な臀部《でんぶ》が丸出しである。赤いパンティで彩られた白くて大きな桃尻。

平素は清楚《せいそ》に振る舞っているのに、これほど下品な部位を持っているなんて、詐欺のようなものではないか。思いきり腰をぶつけてやりたい、と思った。

「い、入れます」

鼻息も荒く尻肉をつかむ。乳房とおなじぐらい柔らかに指が沈む。ますます熱くなった。出したばかりでも鋼《はがね》のように硬い逸物を握り、押しのけられた赤布の横から秘処に接触する。

「んんッ、あぁ、熱いッ……！」

朝子が腰を震わせれば尻たぶがたぷたぷと波打った。まるで物欲しげにおねだりをするような動きだった。

豪の腰が本能のままに勝手に動き、女の体内を侵攻していく。やはり熱く、ぬかるんでいて、ペニスがとろけそうだった。

「うぅ……！　これがセックス……！」

柔らかく厚みのある膣肉で優しく抱擁されていた。狭すぎず余裕があって、童貞的にはとても助かる。下手《へた》をすると一瞬で暴発しそうなほど気持ちいいのだ。もっと動いてからでないとセックスの醍醐味《だいごみ》を知ることもできない。

「どうですか、先生……動けますか？」

朝子は自分の肩越しに目を向けてきた。

「え、ええ、だいじょうぶです……がんばります！」

豪は呼吸を整えて気合いを入れ直す。

ゆっくりと前後した。

「あっ、ああぁあっ……！　広がってるとこ、すごいっ……！」

後退するとき、大きな肉襞が次々とカリ首に引っかかる。豪にとっても朝子にとってもたまらない摩擦感が生じていた。

往復するたびに水音が大きくなる。

くちゅ、ぐちゅ、ぼちゅ、ばちゅ、と鳴り響く。

吐息とあえぎが重なり、頭の奥まで淫に染まる心地だった。

「ああ、茅場さん、茅場さん……！」

「先生、どうか朝子と呼んでください……！」

「あ、朝子、さん……！」

名前を呼んだ途端《とたん》、尻肉が弾《はず》んで秘処が大きくうねった。肉厚な膣が絡みついて男根をしゃぶりつくす。

「あんッ、ひあぁあッ……！　先生っ……！」

「朝子さんっ、ううぅ、すごいっ、中が、気持ちよすぎるっ……！」

このままでは耐えきれない。腰を止めた瞬間に射精してしまいそうだ。

ならば、と豪は覚悟を決めた。

思いきり自然のままに腰を振った。

膣奥を突きあげる勢いで連打した。

汗にまみれた特大の桃尻を下腹で殴りつける。

パンパンパンと肉打つ音まで加わって、淫らな協奏曲がテンポをあげた。

「あっ、あッ、あーっ、あーッ、あああぁーッ！　気持ちいいッ！　先生っ、荒々しいのステキッ、メスになってしまいますッ……！」

朝子はソファに爪を立ててよがっていた。髪を振り乱し、みずから重たげな尻を左右に振り、夢中で快楽を求める。いままで見知ってきた茅場朝子からは想像もできない獣のような有様だ。思いきり突くと愛液が飛び散ってソファを汚すのも下品で、浅ましくて、どうしようもなく色っぽい。

（しかも後ろからだから、無理やり犯してるみたいだ……！）

自然と腰遣いが激しくなった。

どんなに強く叩きつけても、たわわな尻たぶが受け止めてくれる。肉を伝う衝撃が膣内を揺らし、子宮を喜悦に包む――打って響くような悶え方が目の毒だ。もっともっと乱暴に突きたくなってしまう。

朝子自身も激しく扱われたくて後背位を選んだのかもしれない。

「あの……この体位がお好きなんですか？」

「ええ、好きですッ……！　無理やりされてるみたいで、ドキドキしてしまいます……！　んーっ、はあぁあッ！」

言いながらも尻を弾ませる。今度は縦揺れ。最奥のコリコリした感触が亀頭に何度もぶつかった。子宮の入り口だろう。女性の体でもとくに感度の高い部位だと豪も聞いたことがある。

童貞ながらも深さと角度を意識して、狙いを澄ます。

トンッと鋭く突いてみた。

「あひぃいいーッ！」

朝子の背が硬直し、ブルブルと愉悦に震える。

トン、トン、トン、と子宮口を集中的に突いていく。

「あーッ！　あぁあッ、ああーッ！　先生ッ、そんなッ、上手すぎッ……！」

「ほんとうにここって敏感なんですね……」

感心しながら、今度は最奥に亀頭を押しつけてみた。引くのでなく、腰をよじって擦りつける。円を描いて、子宮口を擦り潰す。

「あっ、あああッ、あああぁああッ……！」

朝子は身動きもできず、ソファの背もたれに額をこすりつけていた。膣内のうごめきが小刻みになり、愛液のぬめりも増えていく。

抜き差しを控えたことで豪の股間には幾分の余裕ができた。

逆に朝子は弱点を刺激されて息も絶え絶えになっている。

責め時だと思った。

「思いきりいきますっ……！」

豪は静かから動に攻めを転じた。

柔腰を鷲づかみにして、引き寄せながら突く。

男の突端が膣奥に食いこんだ。ごちゅん、ごちゅん、とえぐみの強い肉音が海綿体に響く。女を抱いている実感があって、心地よい刺激だった。

「ひぃいいッ、すごいすごいすごいッ！　奥こわれるっ、壊されちゃいますッ、このおち×ぽすごいッ、凶悪っ、狂っちゃううぅうッ！」

朝子はのけ反り歓喜に謳《うた》う。媚《こ》びたメスの声に豪の耳が潤い、思考が腰振りに特化していく。初心者ながらひたすら女を貫くマシーンに変わりつつあった。

同時に、ピリピリと亀頭が痺れ、竿肉の根元で異物感が膨張する。

「うっ、くううッ……！　もう、俺、いきそうです……！」

もはや時間の問題だった。先走りが大量に漏れ出している感もあった。

「いってください、このまま……！」

「で、でも抜かないと……」

「中にくださいっ！　先生の熱いのを、おま×こにほしいのぉ！」

抜かなければならない。理性が叫んでいるが、本能がそれを押し潰す。
──中出ししたい！
童貞の内でくすぶっていた獣が暴れていた。
わななく肉壺を貫くたびに獣は大きくなり、手が付けられなくなっていく。
そして獣は爆《は》ぜた。
「出るっ、出る出る出るッ、朝子さんッ！」
「私もイキますッ！　いっしょにっ、豪さんといっしょにぃいッ……！　ぁあああぁあ
ああああーーーー〜ッ！」
ふたりの腰遣いが同時に止まった。
同時に絶頂した。
濃厚な雄のエキスが大量に注《そそ》ぎこまれ、雌穴が狂おしく痙攣する。
(これが、セックスなのか……！)
貪欲《どんよく》に搾《しぼ》り取られ、思うまま膣内に射精する悦びが豪を満たしていた。
出しても出しても止まらない。壊れた蛇口の気分である。二十年ほども使われてい
なかった男の本能が爆発していた。

「はぁあんっ……！　先生、すごいわ、すごいわぁ……！」

朝子は腰をよじって振り向き、媚びた目つきで訴えかけた。赤く彩られた唇から濡れた舌がこぼれ、手招きするように揺れる。

「先生のすごいところ、もっと私に教えてください……」

「わかりました……俺ももっとしたいです」

豪は朝子と唇を重ねて舌を吸った。自然と朝子の体勢が反転し、豪と向きあってソファに座る形となる。そのまま腰が深く重なり、正常位での交合がはじまる。

不貞の時間はまだまだ終わらない。

第二章　クール妻の裏の顔

豪は薬局の空気が嫌いではない。

呼び出しがかかるまで椅子に座って、ただ待つ。

まわりには高齢の女性が多い。比較的気負わずに済む人種だ。

のんびりとスマホで小説を読んでいると時が経つのも忘れてしまう。

「菅さん、菅豪さん、いらっしゃいますか」

事務的な声で呼び出されると、やはり気負わずに立ち上がれた。

カウンターごしに薬剤師の薬師寺美里と向きあって、軽く会釈する。

「今回は胃薬ということで。胃腸の調子はよくなりませんか？」

「ええ、時々すこし荒れます……まだちょっと、あがり性のせいで……」

「無理せずお大事に。一日三回二十八日分です」

テキパキと作業をこなす美里の態度が小気味よい。美里の口調と表情に愛想はないが、冷たい印象もあまりない。きっと言外に漏れ出す可憐さのためだろう。小柄で顔立ちも若々しく、なにより澄んだ高い声が耳に心地よい。高原に咲くスズランのような、清々しくも健《すこ》やかな印象だ。眼鏡と白衣の知的なイメージもよく似合う。

年配陣からしたら息子の嫁にほしい、などと思われているかもしれない。すでに医者と結婚している事実さえなければ。

「それではお大事に」

「ありがとうございました」

会釈を交わして豪は薬局を後にした。

パソコン教室のバイトを終えて、夕方。

豪は定休日の札のかかった喫茶店のドアをおそるおそる開いた。

「あの、すいません……茅場さんに呼ばれてきたのですが」

バイト中、茅場にひっそりと話しかけられたのだ。

用事があるので時間をくれないか、と。

また情事のお誘いかと思えば胸が高鳴る——が、指定された場所は喫茶キリエ。憧《あこが》れの女性が勤める場所なのである、が。

「はいどうぞカンゴくん。事情は聴いてるから」

桐枝がウインクをして奥のテーブル席に案内してくれる。

事情とはなんだろうか。まさか朝子との行為まで知られているのだろうか。だとしたら、まずい。人妻に手を出す不貞の男という目で見られてしまう。

かといって問いただす勇気もなく、豪は肩をすくめて奥へ出向いた。

「……あれ。薬師寺さん？」

紅茶片手に待っていたのは可憐なる高原のスズラン、美里だった。手の平で向かいへの着席を促《うなが》してくる。朝子の姿はどこにもない。

「どうぞ、座ってください。朝子さんからいろいろと伺ってます」

軽蔑《けいべつ》も嫌悪もない冷静な言葉使いだった。

「は、はい、失礼します」

豪はひとまず腰を下ろした。事情を知られている緊張感に喉が渇く。

桐枝が横から水を出してくると余計に渇いた。

もつれそうな舌で「オリジナルブレンド」と言葉を紡《つむ》ぐ。桐枝がいなくなって、ようやく呼吸ができた。水を飲む。

「緊張しているのでしたら、深呼吸をどうぞ」

「は、はあ……」

美里に言われるままに深く深く呼吸した。

ほんのすこし落ち着いてから、あらためて美里と向きあう。

いつもと変わらず凛《りん》として可憐な表情だった。まっすぐ視線を向けてくる意志の強さに身が引き締まる気がした。

「単刀直入に申し上げます。性欲の解消につきあっていただけませんか」

「はあ……は？」

言葉が出ない。単刀直入も過ぎると包丁で刺されたような気分になる。

「私、夫とセックスレスなんです。溜まってるんです」

「ええ……？　旦那さんと、その、してないから……俺と？」

「カンゴさんは精力が強く、性戯の吸収力も高いと聴きました。セックスをするなら最適な人材だと」

「……茅場さんから？」

「はい、茅場さんからです。情報に間違いはありませんか？」

「ええと、その……」

豪はコーヒーを淹れている桐枝をちらりと見た。定休日なのでほかに客はいない。美里の静かな話し声が聞こえるかは五分五分といったところだが。

（桐枝さんも茅場さんからぜんぶ聞いてるのかな……）

確定したわけではない。ただ、定休日に場所を貸してくれたのは事情を知っているからと見るのが自然か。いや、早計だろうか。

「突然のことで困惑しているでしょうが、あまり深く考えず、人助けをして女性経験も積めるから一石二鳥、とでもお考えください」

「しかしですね、あの……いくらセックスレスだからと言って」

「夫は医者なので家にあまりいないのです。性欲が溜まるとストレスも溜まるので、関係が余計にぎくしゃくしてしまいます。なのでストレス解消として、セックスが上手くて口の堅い男性を求めています」

口の堅さには自信がある。というか、こんなこと言えるはずがない。豪は女性遍歴を得意げに語るような人種とは違う世界に生きている。

だからと言って。

一度、不倫に手を染めたからと言って。

「はい、ブレンドコーヒーどうぞ。ごゆっくり」

桐枝の眩《まぶ》しい笑顔を見てふたたび実感する。自分はだれが好きなのか。

「美里さん、まことに申し上げにくいのですが……」

心を決めて薬局のアイドルと向きあった。


一時間後、豪は生まれてはじめてラブホテルに入った。

美里の運転するセダンに揺られてご到着である。

(なんでこうなったんだ)

なんでもなにも押し切られてしまったのだが。朝子との経験で多少は対人関係に度胸がついたと思ったのは、気のせいだったらしい。

慣れた様子でチェックインする美里の後ろを、縮こまってついていく。退勤後だがミルク色のスプリングコートが白衣のような印象だ。五月に入ったとはいえ気温が上がりきらないため、美里はやや厚着だった。

(俺が脱がしていくことになるのかな)

脱がせるごとに細く薄い清らかな肢体が明らかになるのだろう。朝子より十歳は下の美里がどんな肌をしているのか、想像するだに生唾がこみあげる。

桐枝への一方的な義理立てが頭のなかで薄れていく。

ラブホテルという空間の淫靡《いんび》な空気に思考が侵されていく。

エレベーターに乗ると、ふたりきりの密室にますます緊張してしまう。

「カタいですね」

「え、あ、いえ、まだ、そんな硬くなってはいないです」

「アソコの話ではありませんが、そこも硬くなってはほしいですね」

美里はハイヒールを鳴らして一歩近づいてきた。正面から向きあったかと思えば、こともなげに股間に触れてくる。

「おっふッ」

「あら……硬くなっていますよ」

ズボンを撫でて逸物の位置を探ると、ためらいなく握りしめる。しかも遠慮なしに力をこめてくる。指先が食いこみそうなほどだ。

「ほんとうに硬い……若さですね」

「そ、そうなんでしょうか……！」

「それに、服越しではありますが、うちのひとより大きいですね」

語り口は淡々としているのに行為はひどく淫らで、不思議なギャップがあった。あらためて見下ろし、豪は驚く。

彼女の頬はほんのり桜色に染まっていた。

「もっと硬くなるなら、してください。そのほうが快感も大きいでしょう、おたがいに。どうせなら気持ちいいほうが良い思い出になりますし」

美里は逸物をにぎにぎと刺激しながら、他方の手で豪の手を握る。口元に運んで、人差し指をぱくりとくわえた。

「ちゅっ……ちゅく、ちゅく、ぢゅるっ……」

舌がヒルのようにうごめいて淫らな音を立てる。ゆっくりとだが着実に粘りつき、指の神経に愉悦を擦りこんでいく。慣れた舌遣いだった。

「あ、あの、美里さん……」

美里の直線的な視線から目を逸らせない。どうにか動かしても、ほんのり尖って皺の寄った唇が目に入るばかりだ。ぢゅぱぢゅぱと漏れ出す音に耳がとらわれ、身動きはもちろん声も出せなくなっていく。

ポーン、と緊張感のない音が到着を告げた。

エレベーターのドアが開くと、美里はあっさり口と手を離す。口元を汚した唾液は手でぬぐい、さっさと歩いて行った。

「さあ、はやく部屋に行きましょう」

振り向き、手を差し出してくる。豪はとっさに手をつないだ。直前の淫らな行為と違い、初々《ういうい》しいカップルのようなスキンシップだった。ふたりで並んで歩くと胸がどきりと跳ねる。性欲の興奮とはまた別の感覚である。

「この部屋ですね」

美里は片手で鍵を開けて部屋に入っていく。

追って豪も入室すると、うっすらオレンジの照明に出迎えられた。

部屋の中央にはダブルベッドがひとつ。壁際にテレビと冷蔵庫もある。取り立てて普通のホテルと違いはないだろう。

浴室がガラス張りで透け透けなのを除けば。

「これが、ラブホですか……」

「セックスするための宿泊施設ですね」

直截的《ちょくせつてき》な表現に圧倒されてしまう。

ところが、低い場所にある美里の頭がふっと消えた。

その場に膝をついている。

「や、薬師寺さん？」

「失礼、ペニスを拝借します」

美里はためらいなく豪の股に触れた。すみやかにファスナーを下ろし、強引にパンツをずらし、芯が通りだした逸物をあっさりつかむ。大胆に引っ張り出すなり、「ほう」と感嘆の吐息を漏らす。

「聞いたとおり大きいですね。かと言って大きすぎず、女性に好まれやすいサイズです。これで先日まで童貞だったのですか？」

「は、はあ、まあ……」

「フェラの経験は？」

「え、ない」

豪は一方的なまでの勢いに押されて回答してしまった。

「では、ご奉仕します」

美里が口を開けた。

普段は最小限の開閉で言葉を紡ぐ、うっすら桜色の小さな唇を、丸く大きく開いて、長く長く舌を伸ばす。山の清流を思わせる清廉《せいれん》な顔が一気に淫猥に歪《ゆが》んだ。あまつさえ舌先がまっすぐ男根へ近づいていく。

「ふぇ、ふぇ、ふぇ」

行為の名称を口にすることもできず、豪は股間に愉悦を浴びた。

舌の腹が根元から頂点へと滑る。湿り気はそこそこで、摩擦感が強い。尿管の膨らみに沿ってナメクジの這《は》ったような跡ができた。唾液が気化して冷感が走るも、ぺろぺろと新たな湿り気が上塗《うわぬ》りされる。

「あっ、あぁ……み、美里さん、そんな、洗ってないのに……」

「んっ、れろっ、れろっ、私がこうして洗っているのだから必要ないでしょう。お口奉仕とはそういうものです……」

美里は逸物に手を添えて角度を変えながら、届かなかった部位まで奉仕する。唾液の量が徐々に増えて乾く暇もなくなった。

「ちゅっ」

つづいて彼女はキスの雨を降らせた。

唇を押しつけ、吸いあげ、勢いをつけて離す。

海綿体が鬱血《うっけつ》し、膨らみ、硬く硬く屹立《きつりつ》していく。

「あぁぁ、あっ、あーっ……！　美里さん、美里さんっ……！」

「んちゅっ、ちゅうっ……気持ちいいですか？」

心なしか美里の声が普段と違う。キス音と水音をべつにしても、ほんのり柔らかく、鼻にかかった響きである。朝子とおなじ、女が性的に昂揚《こうよう》したときの甘い声。

「薬師寺さん……興奮してます？」

「私、Mっ気がありますので」

爆弾発言だった。

「相手より下の立場で奉仕をしていると思うと、興奮してきてしまいます」

華奢《きゃしゃ》な体をよじらせる。中心は、股。もどかしげで、物欲しげだった。きっと朝子とおなじように濡れているのだろう。豪は生唾を飲んだ。

「じゃ、じゃあ……もっと奉仕してくれますか？」

「敬語でないほうが響くのですが」

「ええ……？　じゃあ……ほ、奉仕しろ、美里」

「はい……豪さん」

下の名前で呼ばれて昂《たか》ぶったのも束《つか》の間《ま》、亀頭が熱感に包まれた。美里が口いっぱいに頬張ったのだ。

熱いだけでなく潤沢な唾液でぬめりきっている。ぬるくなったシチューに突っこんでいるような気分だった。そのくせ沸騰したように内側がうごめく。ねろり、ねろり、と口内で舌が踊り、亀頭全体を愛撫する。

「あっ、うぅ、わぁ……！　み、美里は、フェラはよくするの？」

「はむ、ふぁい」

美里がうなずくと、亀頭に口蓋《こうがい》が当たって新鮮な快楽が生じた。

さらには、ぢゅぱ、ぢゅぱ、と派手な音を立てて吸う。血が股ぐらに集中して感度があがって腰が震えた。たまらず美里の頭をつかむ。

「んっ……！」

ぶるりと美里の腰まで震えた。さらに潤んだ目は焦点《しょうてん》が合っていない。

(上から頭を触るのって、子どもとかペットにすることだよな)

Mゆえの感性を理解して、豪は頭を撫でてみた。なめらかな髪質が手に心地よいばかりか、美里が露骨に反応をしてくれる。

「んっ、ぁああ……はちゅッ、ちゅっぷ、ちゅぱっ、ちゅぱッ」

幸せそうに鳴いて、口舌を激しく使いだした。

舌が亀頭を殴りつけるように暴れる。

頬が削げるほど口内粘膜が窄まる。

顔をよじって強い摩擦を生み出すたびに、閉じた唇から唾液がこぼれ落ちる。その際の水音はひときわ大きく、男の本能を蠱惑《こわく》した。

「ううぅ、あっ、はぁ、はぁ、美里さん、激しすぎます……」

「んむ？　ほぇが、れふか？」

顔の下半分は口淫で歪んでいるが、上半分はきょとんとした表情に見える。

これがですか？　とでも言ったのだろうか。

豪は腰が震えるほど感じているのだが、まだまだ序の口ということか。

「んふー……」と、美里は鼻で息を吸った。雄の臭気に酔いしれながら、豪の尻をがっちりつかむ。

勢いよく顔を突きだしてきた。

「んごッ！」

喉で亀頭を受け止めてひどく歪んだ声をあげる。豚の鳴き声じみていて、平素の清廉さなど、欠片《かけら》もない。喉を押し潰されているのだから当然である。顔が真っ赤なのは息苦しさもあるだろう。

「だ、だいじょうぶですか、美里さッ、んぉおッ」

「んごッ、おぶッ、あばッ」

美里は止まることなく顔を前後させた。唇と口内構造で逸物をこすり、喉で亀頭を抱擁する。何度も何度もテンポよく往復した。泡立った唾液がいままで以上に大量にあふれ出し、彼女の膝を汚していた。

「く、苦しくないんですか、美里さんッ……！」

苦しくないはずはないが動きは止まらない。鼻息で酸素を取りこむせいで、豚じみた嗚咽《おえつ》がますますひしゃげてしまう。

けれど、彼女の目はこれまで以上の興奮に染まっていた。

鼻水まで垂らして、うっとりと幸せにまどろんでいるようだ。

(思った以上にすごいマゾだ……！)

豪は圧倒されながらも、彼女の喜ぶことを考えて、実行してみた。

両手で彼女の頭をがっちり固定して、自分から腰を突きだす。

「ぉぼッ」

不意打ちに美里は目を剝《む》いた。悲壮な顔に見えたのも一瞬、すぐに目がとろけて、みずから喉を擦りつけてくる。

「これがいいんですか？」

引いて、突いた。何度も突いた。

「おっ、ぱぼッ、ほッ、ごッ、ぉおおおッ……！」

美里は醜い嗚咽を漏らしながら、腰をビクビク跳ねさせる。どう見ても喜んでいる。

自分の口を道具のように使われ、どうしようもなく昂《たか》ぶっている。

悦んでくれるなら——豪は覚悟を決めた。

「そらっ、そらっ、どうだッ……美里ッ！」

居丈高《いたけだか》に振る舞ってみれば、美里の体が幸せそうに痙攣する。

豪にとっても痙攣するほど気持ちいい。ただでさえ激しい摩擦であることに加えて、仁王立ちだと腰を遣いやすい。快楽に体を動かす爽快感まで加わって、たちどころに射精衝動が立ちのぼる。

「出すぞッ、美里ッ……！」

「んんんんーッ！」

豪が頭を思いきり引き寄せると、美里は腰に抱きついてくる。

男根を根元まで押しこんだまま、絶頂が訪れた。轟《とどろ》くような噴出である。女を性欲の捌《は》け口《ぐち》に使う、ひととして最悪の射精。

(でも、こんなに気持ちいいなんて……！)

他者を踏みにじる快楽に、内気で弱気な心根が揺さぶられる。罪悪感は興奮のカンフル剤にしかならない。びっくりするほど精液が止まらない。

「んーッ！　んっんっ、んぐーッ！」

美里はうめき、身悶えしながら、とびきり大きく腰を弾ませていた。

彼女も達したのだろう。

喉で精液を味わってご満悦の様子だった。

しばらくふたりは繫《つな》がったまま、背徳のエクスタシーを嚙みしめていた。

やがて離れるときがきても快感は止まらない。美里はしっかりと唇を締めたまま、ゆっくりと顔を引きながら、凄まじい勢いで吸引した。

「うわっ、あああぁあああッ……！」

豪は尿道から一滴《いってき》残らず精液を吸い取られて少女のように高い声で鳴いた。いまだ知らない快楽だった。

ちゅぽんっ、と口が離れた。

美里は口を閉じて粘液を閉じこめると、ごぎゅ、ごぎゅ、と喉を鳴らした。

「……ふぅ。ごちそうさま、豪さん。とても美味《おい》しゅうございました」

あらためて口を開ければ、そこに白濁《はくだく》は一滴も見当たらない。

すさまじく淫靡な魅せ方に豪の口が渇く。ツバが粘っこくて飲みこめない。精液を飲みこんだ美里とは大違いだ。

「お水でしたらこちらに」

美里はバッグからミネラルウォーターのペットボトルを取り出した。

「ああ、ありがとうございます」

「ついでにこちらのお薬もいかがですか？」

差し出されたのは粉薬だった。

「これは……？」

「夫のために調剤したものです。精力がつくと思うので、試してみてほしいんです。出したばかりですし、多少の疲れもあるでしょう」

「それは、いろいろと、大丈夫な薬なんですか？」

不安げな問いかけに、美里はただ、目を細めてうっすら笑う。可憐な顔立ちにそぐわぬ、匂い立つほど色気のある笑顔だった。

「どうぞ、飲んでください」

「はい……」

豪は逆らうことができずに、正体不明の薬を飲んだ。

ふたりは場所を変えて浴室に入った。

服を脱いでいるうちに豪の逸物は最硬度に戻っていた。若さのためか薬のためかはわからないが、強《し》いて言えば、普段よりムズムズしている。

「実地で検証していきましょう。どうぞ、椅子に座ってごゆっくり。洗わせていただきます」

「は、はい、よろしくお願いします」

豪は風呂椅子に座って、緊張から背筋をピンと伸ばした。正面には鏡があり、美里の裸身も映っている。やはり小柄ではあるが子どもっぽくはない。腰の位置が高く顔も小さいので、むしろスタイルは美しいと言えるだろう。

ほどほどのバストもツンと上を向いて形が良い。

ヒップも豊かとは言いがたいが、張りがあって綺麗に持ちあがっている。

「きれいです、美里さん……」

「夫からはもう何年も聞いていない言葉ですね。嬉しいです」

声の調子は落ち着いているが、わずかに語尾があがっていたかもしれない。

美里は膝をつくと、ボディソープをすくい取ったようだ。鏡だと豪自身が邪魔になって、彼女がなにをしているかよく見えない。

「失礼します」

ぺちゃり、と背中に張りつかれた。

泡まみれのなめらかな肌と、柔らかな乳肉によって、背中一面に幸せが生じる。

「動きます。じっとしていてください」

ソープを潤滑液にして、人妻の柔肌が吸いつき流動する。たがいの体温で皮膚と皮膚が溶けあうような優しい吸着と摩擦だった。

くすぐったくも心地よい奉仕に豪は恍惚《こうこつ》としていく。

「ああ、美里さん……」

「こちらもしっかり洗いましょう」

脇腹を通って白魚《しらうお》の指が股ぐらに回りこんだ。相も変わらずためらいなく逸物を握りしめ、しごきながら泡を擦りこんでくる。

「あッ、ううッ、いきなりそんな……！」

「私の唾液をしっかり落としていきます。このような汚いものを塗りこんで申し訳ございませんでした」

滅相もない気持ちよかったです、と答えかけて踏みとどまる。

美里はマゾヒストである。自分を貶《おとし》めて悦ぶ変態性癖だ。となると、男側から謝っても興ざめだろう。

「……そうだね、美里が悪いんだからしっかり洗ってよ」

ぴたりと美里の手が止まり、すぐに再開した。心なしか手つきがはやい。首筋にかかる吐息が熱い。ソープとも違う甘い匂いが漂い、脳が熱くなっていく。

「豪さんは……相手に応えようと努力できる方ですね」

「そ、そうかな」

「ええ、好ましい男性です。もっと自信を持ってください。ここだって、こんなに力強くて男らしいのに……」

美里の指はよく動く。ただ素早いだけではない。十指がなめらかに連動し、男根の様々な凹凸《おうとつ》を的確にいじりまわす。根元、尿管の膨らみ、カリまわり、鈴口などを息つく暇も与えずに次々と。

熱い塊が股間で沸き立った。

「うっ、ぐっ、ううぅ……！」

「遠慮せずイッてください。汚れても洗いますので」

「で、でも、あっ、あああああぁ……！」

尿道が奥から燃えていく。耐えられない。

タイミングよく背中に乳房を思いきり押しつけられ、豪は崩壊した。

噴き出した快楽のエキスが真っ正面の壁を撃つ。二発目ながらすさまじい威力だった。一発目を凌駕《りょうが》するかもしれない。

「本当に力強い……女を孕《はら》ませようという意志の塊みたいです」

美里は止まらない。体を擦りつける動きも、肉棒をしごきあげる動きも、たゆまず継続している。おかげで豪はイキっぱなしの震えっぱなしだ。

「あうっ、ああッ、ちょ、ちょっと、これは……」

「……そうですね、薬の効果も確認できていないのですから、ここで絞りすぎてはもったいないかもしれません」

美里はパッと股間から手を離した。

終わらない快楽から解放されて、すこしずつだが射精の勢いが衰えていく。

「ゆったり絶頂の余韻を味わってください。私はそのあいだ、べつのところも洗わせていただきます」

「う、うん、頼むよ、美里」

美里は立ちあがり、豪の手を取った。

引き寄せる先はおのれの股ぐら。

ぬるり、と太ももの合間に豪の腕が挟みこまれた。

「次は腕をお綺麗にしましょう」

彼女の股と内ももには、白い泡がたっぷりまとわりついている。それを豪の腕に擦りつけるため、腰を前後に遣いだした。

「ん、ふっ、はぁ……」

鼻を抜ける声が色っぽい。女がよがるときの息づかいだった。

太ももだけでなく秘処まで擦りつけているらしい。見あげればときどき顎を揺らして喜悦に浸《ひた》っている。全裸の美里が気持ちよさげに腰を振る姿は、固唾を呑むほど美しい。白い肌に絡みつく黒髪のコントラストも刺激的だ。

「ああ、はぁ、次は逆の腕にいきます……」

美里の息はすっかり上がっていた。凛としていた表情がゆるみだしている。逆の腕を股に挟む仕草もゆったりして、神経まで喜悦に染まっているようだった。

そして、腰を振る。

声のトーンが唐突にあがった。

「あ、あっ、男の腕……！　硬くて、太くて、女に乱暴するためにあるような、こわい腕……！　すごい、すごいです、豪さん、男らしい……！」

「み、美里さん？」

「ずっとこの腕で私を組み伏せたかったのでしょう？　私は背が低くて、力ずくで簡単に乱暴できるって、犯せるって思って、使い捨ての性処理道具を見るような目で見下して、軽蔑していたんでしょう……！」

そんなこと欠片も思ったことはない、のだけれども。

(このひとは、こういうのが本当に好きなんだ)

奉仕しているうちに欲求が爆発したのかもしれない。

素直な豪は彼女に応えたいと思い、そのとおりに口を開いた。

「軽蔑するに決まってるよ。いつもおすまし顔のくせに、頭のなかがち×ぽでいっぱいのドスケベ女なんて。いまも乱暴に犯されるのを想像して、俺の腕を愛液まみれにしてるんでしょう？」

会心のドS言葉だと自画自賛したくなるセリフだった。途中で噛まなかったし、浴室の反響で小気味よい音色《ねいろ》となっている。

効果は想定を越えて抜群。

美里はその場で大きく腰を震わせていく。

「はっ、あッ、ううぅ、ひどい、ひと……！　私を犯すだなんて、あっ、んぅ、んんんッ、んぁあぁあぁああーッ」

ぎゅ、と腕が強く挟みこまれた。

美里が華奢《きゃしゃ》な総身を震わせている。

ぬるり、ぬるり、と濃厚なエキスが泡のあいだを伝い落ちる。

あきらかに絶頂だった。

想像をはるかに越えてMだった。

(それなら、もっと酷いことを言ったほうがいいんだよね……？)

豪はさらに言語中枢を使った。

「もっといろんなところ綺麗にしてよ。どうせ恥ずかしい腰振りを見てもらいたいんでしょ？　ほら、脚も残ってるよ」

「は、はい……ご奉仕します」

やはり命令されると素直に応じる。そういう生態なのだろう。

「では横になってください……」

豪が横になると、真上に雄々しく肉茎が立った。いつの間にやら回復していたらしい。美里もそちらを見て生唾を飲む。

「ハメられたいの？」

「いえ、そんな……」

さきほどまでの冷静で強引な美里はなりを潜めている。男に命じられて従わざるをえない弱い女を演じ、興奮しているのだろう。

「ほら、脚を綺麗にして」

命じられると彼女は右脚をまたいで、股を押しつけてきた。やることは腕のときと同じだが、今度は背を向けている。腰尻を前後させるばかりでなく、足を手で洗浄していく。裏側や指の股まで丹念に。奉仕の精神、ここにきわまっている。

豪の視覚的には、小ぶりだが形のよいお尻が前後する様《さま》が可愛らしい。たびたび心地よさげに震えるのも悩ましい。ゴツゴツした膝を通過するときなどあからさまだ。

「んっ、ふぅ、あっ、あっ、男の硬さ、すごいっ……」

甘い声を聞くと豪の下腹はざわついて仕方ない。肉棒に射精後の気だるさがまったくないのが不安と言えば不安だが。本当に薬が効いているのだとしたら、薬局のアイドル薬剤師おそるべしである。

「あっ、そんなッ、またッ……！」

膝に秘処を押しつけた拍子に、美里はまた頂点に達した。

そして左脚を洗うときも、何度か膝の硬さを満喫して背を反らせる。

「んくうぅぅううッ！」

学生でもおかしくない容姿の女性が、熟女のように悶え狂う。

艶《なま》めかしくも美しい痴態に豪は目を奪われるばかりだった。

(でも……)

彼女が求めているのは、ただ見ていることではない。

体を洗ってもらい、目の保養をさせてもらったお礼はしたい。

心を鬼にした。

「節操なくイキすぎだろ、めすぶた」

平手で軽く尻を叩く。

「ひっ、あぁああ……！」

美里は切なげな悲鳴で全身を律動させる。感じている、はずだ。女性経験の乏《とぼ》しい豪でも見て取れるほどに、彼女の反応は艶《つや》めいている。

「どうしたいのか言え、めすぶた」

さらに平手のサービス。

「あぁああッ、あそこ、あそこの奉仕がッ……！」

「あそこっていうのはどこだっ！」

左右の手で連続尻ビンタ。

ビクン、ビクン、と美里が痙攣する。

突きだすように持ちあがった秘処から、どろぉり、と蜜があふれた。

そして彼女は淫らに鳴く。

「おま×こ奉仕！　淫乱ドMおま×こ奉仕！　豪さんのたくましいガチガチおち×ぽに、おま×こ奉仕させてくださいませっ、豪さんっ！」

「よく言った！　じゃあやってみろ！」

追い撃ちで叩けば美里の尻はゴム鞠《まり》のように弾んだ。

「しますッ、させていただきますッ……！　おま×こ奉仕の許可をいただきまして誠にありがとうございますッ……！」

おもむろに美里はシャワーで豪の足を流した。

ふっと頭が下がった。

マットに手をつき、顔を寄せる先は豪の足先。

ちゅぽ、と豪の足親指がぬかるみに包みこまれた。

美里がなめているのだ。

尻を持ちあげ濡れ溝をさらしながら、額で床をこするようにして。

「ありがとう、ございますッ……んはぁあああッ！」

土下座と足なめで美里はまたまた被虐の頂点によがり狂った。

豪の姿勢は変わらず仰向《あおむ》け。

どっしり構えて美里の動きを待つ。

彼女は正面に向き直って豪の腰をまたいでいた。

「はぁ、はぁ、こちらが豪さんにハメていただくおま×こです……」

人差し指と中指で大陰唇の膨らみを押さえつける。陰毛が薄く、小陰唇のはみ出しも少なめな、学生じみた裂け目だった。

それでいて、したたり落ちる肉汁は色づいて濃密なメスの匂いを醸《かも》し出している。強く指で押し開けば滝のように愛液があふれ、真下のペニスに降り注いだ。

「すごい……こんなに濡れるんだ」

火酒をあおったように海綿体が熱くなった。外からの熱ではない。愛液に反応して男の本能が内側で発熱したのだ。

「豪さんも、とても濡れていますよ……ガマン汁がどくんどくんと」

鈴口からは刻々と腺液が漏れ出してくる。ちょっと恐い。

「これって薬のせいですかね……？」

「普段はこんなに元気ではないのですか？」

「さすがに二回も出してこんなに硬いままで、しかもガマン汁がこんなに出るって、いやほんとうにすごい薬ですね」

「セックスのための薬ですからね、思いきり満喫しましょう」

美里の割り切り方からして、妙な副作用はないと信じたかった。

「ではおち×ぽを迎え入れますね……いらっしゃいませ」

濡れた秘処がゆっくりと降下してくる。

くちゅり、と粘膜同士が接触しあってふたりに電流が走った。

「はあぁッ……！」

美里は歓喜に震えながらも降下を止めない。亀頭がめりこむと手で支え、角度を調整し、さらに飲みこんでいく。

豪の第一印象は「狭い」。

まずコリコリした膣口がいきなり咀嚼《そしゃく》してくる。カリ首、肉幹、そして根元、全挿入までに何度も快感が弾《はじ》けそうになった。

「んんぅうッ……！　お、大きくて、硬い、です……！」

相対的に美里の感じる男のサイズは大きくなる。入り口はもちろん内部もぎちぎちの隘路《あいろ》で、みずから肉襞を押し潰すように窄まってきた。

「あっ、ぐうぅ……！」

快楽のあまりに豪の体は固まってしまう。

柔らかくて動きやすかった朝子とは大違いだ。

なのに美里は恍惚の眼差しを宙に向け、ひとりゆったりと尻を揺らす。腰をよじって円を描く。狭隘な濡れ穴に男の先走りを塗りこむような丹念さで。

「あぁ、染みこんじゃいます、カウパー腺液……！　ご存知ですか、豪さん。カウパーにも精子は含まれているのですよ」

「聞いたことありますけど、今日って大丈夫な日なんですよね……？」

「危険な日でもご奉仕のためならおま×こを使うものです……うふふ」

美里はあどけない顔で艶《つや》やかに笑った。

腰尻の円運動がすこしずつ加速していく。素早い摩擦で彼女の声が高くなり、豪の竿肉は充血を増した。

「あっ、また大きくなってるッ……！　私を犯そうとしてるッ……！」

犯されてる気分は豪のほうなのだが。

海綿体が大きくなれば締めつけも強くなり快感が増す。すでに限界だった。とても耐えられそうにない。

（でも、ここで弱気になるのは、なにか違う気がする……！）

Mに悦んでもらうためにも、豪はつとめて傲慢《ごうまん》な態度を取った。

薬剤師なら避妊薬ぐらいは用意していると信じて。

「出すぞ、美里ッ……！　中に出すから妊娠しろよッ……！」

「あっ、はっ、ぁあああッ……！　はい、豪さんっ、美里の卵子をご自由にお使いください ッ……！」

言って美里は腰を思いきり沈め、全力で腰をねじった。亀頭が子宮口を押し潰したまま膣肉すべてをかき回す暴力的な動き。

ふたりは同期して爆《は》ぜた。

「ううウッ、うぐッ……！」

「あーッ、あああああーッ、受精しちゃうッ、着床しちゃううぅーッ！」

腰の震えまで同期して、中出しの快楽を貪《むさぼ》った。

イッている最中は狭い穴がすこし柔らかくなる。かわりに子宮口がすさまじい勢いで吸いついていた。亀頭にディープキスをし、ぢゅーぢゅーと精子をすする。その刺激がまた豪に強烈な愉悦を与えていた。

おかしいのは、出しても出しても萎《な》えないことだった。

「すごっ、あぁぁ、こんなにいっぱい出したのに、まだぜんぜん大きい……！」

鋼のごとき肉茎は絶頂を終えているが、射精直前に肥大化したままである。さいわい精液のぬめりで小膣のなかも動きやすい。引っかかりが多いせいで刺激が強すぎる感は変わらないけれど。

「もっと動け、美里」

豪はSな態度を保って命令した。

案の定、美里は幸せそうな涙目で従順に従う。

「はい……今度は縦揺れで奉仕します、んっ、んんッ、はぁあっ……！」

今度の腰遣いは前後。竿先と根元に快感が生じ、彼女にとっては入り口と最奥が強く刺激される動きだ。

ぱちゅ、ぱちゅ、ぱちゅ、と軽快なテンポ。

「あはぁあっ……！　こんなペニスを持ってるのに童貞だったなんて、信じられません……！　このおち×ぽにおま×こ使ってほしいメスなんていくらでもいるでしょうに、んっ、んーッ、あぁーッ！」

快楽が積みあがり、美里の上体が力なく垂れてきた。

顔と顔が近づく。見つめあう。

ものほしげな涙目が、無垢な少女のように可憐だった。

「はむっ」

豪は無意識のうちに唇を重ねていた。

生臭いのはさきほど飲ませた精液のせいだろう。

そして一転、美里の舌が荒れ狂う。

ものすごい勢いで絡みつき、唾液を吸い取っていく。

かと思えば歯茎をなめ、舌先であちこちを突っつく。

(すごく気持ちいいキスだ……！)

技巧を尽くして相手の口内を悦ばせようという奉仕精神が感じられた。

負けていられない。豪は決意した。

彼女の細腰をつかむ。できるだけ力強く、すこし爪を立てて。

「えうッ……！」

豪の口内で美里の舌がもつれる。乱暴なつかみ方がよかったのだろう。

思いきり突きあげた。

「んぱッ、あぁあぁあぁあッ……！」

たまらず美里は口を離して背を弓なりに反らす。

「なんで腰を止めてるの？　ほら、もっとおま×こ奉仕しろ」

「ご、ごめんなさい、豪さん。私、がんばります」

親に叱られた幼児がすがりつくような顔で、彼女は腰を振り立てた。

どちゅん、どちゅん、と上から叩きつけるようなピストン運動。もっとも摩擦感が強く、シンプルに気持ちがいい動きだった。

「んむっ、はむッ、ちゅっちゅっ、ぢゅるるっ、ぢゅぱッ」

キス奉仕もたゆむことなく続けている。夢中といった様子だった。

「はぁ、はぁ、いいぞ、もっとだ、いいぞ、美里っ」

豪は一度突きあげたあとは腰を離し、平手で尻腿を叩いていた。スマートな体型とはいえ肉がつきやすい部位だ。叩き心地がいいし、膣内がビクビクと簡単に反応してくれるのもたまらない。

いっしょに気持ちよくなってくれて嬉しいと思う。

擬似《ぎじ》的に主従関係であろうとも、豪は与えあうセックスが好きだった。

「ちゅぢゅッ、ちゅむぅぅうっ……！　あふッ、ああッ、もう、もう無理ですっ、豪さん、私、イッてしまいます……！」

「まだだ、もっとガマンしろッ」

「ひどい、ひどいぃ……こんなぶっといおち×ぽ食べながらキスまでして、もう頭がおかしくなってるのにぃ……！」

「欲張りすぎるぞっ、めすぶたのくせにッ」

膣肉の痙攣は激化の一途を辿《たど》る。絶頂間近の寸止めで充血し、ペニスへの圧迫も強くなっていた。

それでも、こうやって命じるのが美里を悦ばせることだ。

「まだだぞ美里っ、めすぶたっ、そらっ、そらっ」

尻を叩き、唾液を口に流しこみ、彼女の顔が崩れていくのを見計らう。

「も、むりっ、しんじゃうっ、ゆるしてくださいっ、いきたいですっ、豪さんごめんなさいっ、いっちゃいますっ、だめなメスブタでごめんなさいぃっ」

小穴の圧迫感が膨れあがった。

射精してほしくて仕方ないという反応に、豪もとうとう限界を迎える。

「妊娠しますって言え、めすぶたッ！」

言いすぎかもしれないが興奮した。人妻に子種を仕込むことにたまらない昂揚感を覚える。雄の本能が満たされて、股間が脈動していく。

豪は活火山じみた噴出をした。

本気で孕《はら》ませるつもりで中出しした。

「ぁああああぁッ、妊娠しますっ、夫以外の種で赤ちゃん孕みますぅぅううッ！　あはぁああぁぁあああぁぁああーーーーーッ！」

美里は不貞の証《あかし》を子宮に注がれ、身も世もなく叫んだ。ラブホテルでなければ出せないような声でよがり狂う。

若い男にすがりつき、何度もキスをくり返す。

腰を擦りつけてくるのは絶頂を長持ちさせるためだろう。より多くの精子を受け止め、受精を確定させるために。

(どうしよう……ほんとうに妊娠してほしいと思ってしまった)

幸せな射精感を味わいながら、豪は不倫に酔いしれていた。

勃起は収まることなく、行為はさらに続いた。

騎乗位から座位へ。

座位から正常位へ。

一休みとして、ふたたび口淫奉仕。

「はぁ、あぁ、おいしい……豪さんのおち×ぽ、とってもおいしいです……」

「旦那さんのと、どっちが美味しい？」

豪の口にはSなセリフ回しが定着していた。薬師寺氏に失礼だとは思うが、それで興奮してしまうのも事実である。

「あのひとのは……おち×ちん、という感じですから」

「俺のみたいにたくましくない？」

「はい……豪さんみたいに、女を虐めて虜にするおち×ぽとは違います……」

美里はちゅうっと亀頭の先端にキスをして、尿道に残った精液を吸い取る。こそばゆくも心地よい感覚に豪の腰が粟立った。さすがにくたびれ気味だった逸物が見る間に硬度を取り戻すと、美里の目が愛しげに細くなる。

「まだまだ私を虐めていただけるのですね……ありがとうございます」

さらに熱烈なキスの連打で男根が震える。

「うっ、くっ、ふぅ、美里、美里……！　めちゃくちゃにしてやるからな……！」

豪は竿肉を手でつかみ、ペチンペチンと美里の頬を叩いた。屈辱にとろける童顔を見下ろし、肉欲と加虐心に溺れていく。

泥沼にはまっていく実感があった。

第三章　奔放インストラクター

「はい、それではご不明な点があれば、質問どうぞ！」

パソコン教室に明るい声が響く。

豪は笑顔でバイトにいそしんでいた。

「なんだか最近カンゴ先生、みょーに自信たっぷりだねぇ」

「いやはや、男らしくなったもんだ」

ご老人がたは、ほほ笑ましげな顔で見守ってくれている。

豪自身の本音を言えば、すこし無理をしていた。無理をして強気に振る舞うことができていた。

人妻たちとの淫靡な関係を持ったことで、気が大きくなったのだ。

「あの、先生、こちらよろしいですか？」

「はい、茅場さん、なんでしょうか」

朝子に話しかけられてドキリとしたが、赤面も口ごもりもせずに対応する。用件はスマホの使い方についての他愛ない相談だ。落ち着いて反応する。

す、と指先で手の甲をなぞられた。矢印を書く形だ。

矢が向いているのは喫茶キリエの方向。

「ありがとうございます、先生」

「いえ、いつでもどうぞ」

取り乱したりはしない。それが秘密の淫靡なサインであっても。


そう、取り乱したりはしない。

童貞のころとは違うのだ。

ふたりの人妻とセックスをして大きく成長した、新たな菅豪である。

だから平静を保つ。

喫茶キリエで美里が待っていても。

「ではいっしょにいきましょうか、美里さん」

「そうですね、茅場さん」

朝子と美里に左右から挟まれ、ふたりのペースで連れていかれても。

美里のセダンに乗り、三人でそのままラブホテルに入っても。

取り乱さず男らしく、対応したい、と思ってはいたのだが――。


「あっ、待ってふたりとも、そんな、俺、はじめてで……！」

豪はラブホテルのベッドで情けなく鳴いていた。

朝子と美里ふたりがかりで押し倒され、乳首をなめまわされながら。

「先生、かわいい……男の子も感じるでしょう？」

「どうぞご奉仕を受け取ってください、豪さん」

未知なる快感だった。

男の乳首も性感帯であることは話に聞いている。ただ自分でいじったことはないし、女性になめられたことなど当然はじめてだ。

ぬめぬめの舌が米粒のような乳首を突っつき、こすりまわす。唾液がたっぷり乗っているので水音も盛んだ。耳から犯されているような気分でもあった。

「うっ、ぁあ……乳首ってこんな感じだったんですね……！」

「ふふ、男の子の喘ぎ声……ドキドキしちゃいます」

「下のほうもすっかり硬くなっていますね」

ふたりは乳首を責めながら、豪の股間に手を伸ばした。

赤熱した肉棒を片手ずつ十本の指が絡めとる。先走りを塗り広げて、たくみな連携で刺激を送りこんでくる。

「あぁぁ……！　いっしょに責めるのはズルいですよぉ……！」

根元から先端まで休む暇がない。あっという間に肉茎が張りつめ、ふたりが感嘆の声をあげる。

「本当にすっごいわぁ、先生……」

「今日もこのたくましいモノで私たちをヒィヒィ言わせるのですね」

「ひぃ、ひぃ、ま、待って、ちょっと待って……！」

ヒィヒィ言わされているのは豪のほうだが、ふたりの興奮は止まらない。

男の乳首を唇で密閉し、強く吸引して激しい音を鳴らす。

それで豪が胴震いをすれば、ふたりの竿いじめも激しくなる。

「あっ、ちょっ、も、もう無理ですっ……！」

豪の逸物は爆発寸前でパンパンに腫《は》れあがっていた。

脈動のままに噴出が起きる、その寸前。

ぎゅうっと女ふたりが根元を握りしめて射精をせき止めた。

「うっ、ぐうぅぅうッ……！　な、なんで止めるんですかぁ……！」

「だって、まだイッたらもったいないでしょう？」

「そのとおりです。豪さんにはもっと私たちの奉仕を受けてもらわないと」

ふたりは体勢を変えて、口元を乳首から肉棒へと移動させた。

二枚の舌が容赦なく肉棒を貪る。

ふたりがかりで亀頭をなめたくるばかりか、カリより下は手淫続行。

「さあ、どうですか、先生。ちゅっ、ちゅっ、むちゅっ、ちゅうぅぅうッ」

朝子は唇を尖らせて亀頭の表面にキスし、赤い口紅の跡をつけた。

「このままご自由に出してください。さあ、れろれろっ、ぐちゅちゅちゅっ」

美里は舌を驚くほど長く伸ばして、裏筋とエラを徹底的に擦りまわした。

人妻たちの経験に裏打ちされた極上のフェラチオが、二人分。

ただでさえ限界なのに、とても耐えられる快感ではない。なのにふたりは、豪が達しそうになれば、また握りしめて絶頂を止める。

「うっ、あっ、ぐうぅうぅッ！　も、ほんと無理っ……！　むり、ですからッ！」

豪は涙まで流して許しを乞うていた。

度がすぎる快感は苦痛に等しい。解放できなければなおのことだ。男らしく対応するどころの話ではない。

「そんなにイキたいんですか、先生？」

「私の奉仕にご満足いただけましたか？」

「イキたいッ……！　満足したから、イカせてください……！」

豪の必死の懇願にふたりは目を細めた。

「では……」

「どうぞ、射精なさってください」

ふたりは手をゆるめた。

同時に左右から亀頭にむちゅっと吸いつき、最後の刺激を叩きこむ。

豪の下半身は白濁色の噴水となった。

「ぁあああああッ、うわっ、わっ、こんなに出っ、ぇあああああああッ！」

みっともなくよがり狂って射精する。

溜めに溜めた解放感で腰が消し飛ぶかと思えた。

頭が働かなくなって、ただただ喜悦に喚《わめ》く。精液まみれの人妻たちが恍惚とした表情で自分を眺めていることにも気がつかない。

「うふふ、一度はこういう快感も知っておかないとね」

「もし怒ったなら、あらためて謝罪のご奉仕をさせていただきます」

朝子と美里の声が遠い。

豪が自分の情けないイキざまを自覚できたのは、しばらく後のことだ。


豪が意気消沈のため息を吐くと、コーヒーの水面が揺れた。

喫茶店のムーディなジャズが右耳から左耳に抜けていく。

「どうしたの、カンゴくん。今日はいつもより元気がないみたいだけど」

カウンター越しに桐枝が話しかけてきた。

「すいません……せっかくコーヒーを淹れてくれたのに、なんだか暗くて」

「いいのよ、コーヒーなんて明るく飲んでも暗く飲んでも」

喫茶キリエの店内は豪のほかに客はいない。閉店間際の時間となれば人妻たちは自宅で家事にいそしむ時間である。

「カンゴくんぐらいの年だと、やっぱり……就職活動の悩み？」

「それも心配だけど、そういうわけではなくて……」

「じゃ、恋愛かしら」

当たらずとも遠からずだが、実情を話すわけにもいかない。

私はあなたが好きなのに、人妻の誘惑に屈して肉体関係を持ちました。男として成長したつもりだったのに、実際には人妻に手玉に取られる情けない男です。

……などと、言えるわけがない。

「ごめんね、おばさん、男の子のことはよくわからなくて。女子校から女子大に通って、卒業後の初恋で結婚しちゃったタイプだから」

桐枝はあっけらかんと言う。

結婚相手とは死に別れて、以降は恋愛もしていないのだろう。

彼女が夫を亡くして五年ほどが経っている。心の整理はついているのだろうが、そここにいたるまでの心痛を思えば豪の胸まで苦しくなった。

(このひとには心配かけたくないなぁ)

男として最後のプライドだった。

カランカラン、と出入り口のドアがベルを鳴らす。

「こんばんは、桐枝先輩。なにか晩ご飯いただけます?」

白鳥久留美は少年のように屈託のない笑顔を浮かべた。スタイルの良い彼女がそうすると、宝塚の女優めいた凛々《りり》しさが漂う。

「先輩……?」

豪はふたりのあいだで視線を行き来させた。

「私が高校のOGだっただけよ。久留美ちゃん律儀だから」

「こういう性格なんですよね。となりいい?」

久留美は返事を待たずに豪のとなりに座った。

「あ、はい、どうぞ」

「ごめんね、イヤならあっち行くけど」

「ぜんぜん平気です、はい」

桐枝とのふたりきりの時間を邪魔されたが、悪い気はあまりしない。美人にフランクな態度を取られて、むしろ気分がよかった。

(俺もこれぐらいグイグイいけるタイプならまた違ったのかなぁ)

自分とは正反対に我の強い美女に憧れの気持ちすら抱く。久留美は年齢も人妻たちと違ってさほど離れていないので、親近感があるのかもしれない。

とはいえ、気安く肩に触れられると、やはり緊張で体が硬くなるのだが。

「それで菅さん、まだあのふたりとは続いてるの？」

「えッ」

豪はとっさに桐枝のほうを見た。彼女は久留美に水を出してから厨房で調理にいそしんでいる。話が聞こえたかはわからない。

「茅場さんも薬師寺さんも最近はご機嫌だから、よっぽど上手いんだろうなって」

「い、いえ、俺はむしろおふたりにご指導を受けてるようなもので」

「そりゃまだ学生だし、童貞だったんでしょ。でもどんどん吸収してどんどん上手くなってるってふたりが言ってたよ？」

「おふたりがそんなことを……？」

あまりに明け透けな話題だった。閉口すべきところなのに、久留美の口調があまりに軽快で乗せられてしまう。

「自信持ちなよ。すくなくとも旦那たちより上手いのは確かなんだから」

「い、いいんですかね、それって……」

夫婦の関係に亀裂でも入らないか心配で仕方ない。

「セックスが合わなくても愛情が色あせるわけじゃないよ。うちの彼氏って相当な早漏なんだけど、そういうところも可愛いと思うし」

視線をあげてにんまりご機嫌な久留美は、たしかに恋人に愛情を持っている。だから と言って早漏のことは黙っていてあげたほうが良かったのでは、と思う。

「ええと、彼氏さんとはどういう縁《えん》でお付き合いを？」

豪はみずから話題をずらした。

久留美は「えー、気になる？」とまんざらでもない様子。

「私さ、もともとバレエやってたんだよね。高校のころ足怪我しちゃって引退したんだけど。そのとき、ちょっとね。かなり荒れてて……」

「ほうほう」

「それ以来の私、ぶっちゃけヤリマンだったの」

「ほ、ほう」

「自暴自棄ってやつね。もうどうなってもいいやって。かなりいろんな経験したし、いま思うと相当なバカだったなって反省してるけど」

話が危険なラインを行き来している。

ふいに久留美の目が厨房の桐枝に向けられた。

「そんなときね、桐枝先輩が私をお説教してきたんだよねぇ。最初はなに綺麗ごと言ってんだこのやろーって反感を覚えたんだけど、たびたび連絡してきては心配してきて、なんだこのお母さん気取りはって、腹立てて」

久留美の表情には桐枝に対するたしかな敬意が浮かんでいた。

「でも、ちょっとやりすぎて……人間関係がぜんぶダメになって。私もう本当にどうでもよくなって、風俗嬢かAV女優にでもなっちゃおうと思ったとき、寄り添ってくれたのが桐枝先輩で」

なにやら、桐枝が恋人というオチになってしまいそうな話の流れだ。

「いろいろ相談して、先輩の家で一時期お世話になって、ヨガの資格を取って、インストラクターはじめたってわけ」

「なるほど……ちなみに彼氏さんは？」

「先輩の家のご近所さん。たまたま道ばたで会って一目惚れされちゃって。すっごい不器用に告白してくるのが可愛くて、ついＯＫしちゃった」

オマケみたいな流れでカップルが誕生して、豪はずっこけそうになった。

「その、彼氏さんは白鳥さんの過去はご存知で？」

「もちろん。隠しつづけてバレたとき関係が終わっちゃうより、先にぜんぶ話して相手が受け入れてくれるか確かめたほうが長続きするでしょ？」

「かなりリアリストですね……」

「経験則。人間関係ぐちゃぐちゃに壊れるの間近で見ちゃったからねぇ」

久留美は眉を垂らして苦笑いする。彼女なりに反省はしているようなので、他者が口を出す問題ではないだろう。

（でも、こんな美人がヤリマンだったなんて……）

元バレリーナであればスタイルはよかったのだろう。しなやかな筋肉に裏打ちされた肢体で数え切れない男と交わり、浴びるほど快楽を貪ってきた。自分とはまったく別の世界の人間のようで、感心すらしてしまう。

「それでね、彼ったらね」

久留美は嬉しげに身を乗り出してきた。

「私がヤリマンだったころの話をベッドでしてあげると、腰を動かす暇もなくイッちゃうんだよ。すっごく可愛くない？」

「は、はあ……」

「二回目はちょっとがんばるけど、私が腰遣ったら速射！　あーもう可愛い！」

男の立場では彼氏がすこし気の毒でもある。

愛するひとを自分の逸物で気持ちよくできないのは屈辱《くつじょく》だろう。

それとも屈辱すら愉《たの》しんでしまう性癖なのだろうか。

「はい、久留美ちゃん。特製ささみサラダ」

桐枝が料理を運んでくると、久留美は歓声をあげて箸《はし》を取った。

「これこれ！　先輩の作ったドレッシング、ほんっと好き！」

ヘルシーなサラダにサンドイッチもついて、なかなかのボリュームに見える。が、
久留美はこともなく食べ進めて、あっという間に完食した。

「ごちそうさまでした！　じゃ菅くん、行こっか」

「行くって、どこに」

「うちのヨガ教室」

唐突と言えば唐突すぎる展開に豪は凍りついた。

「な、なぜ……？」

絞り出した言葉に対し、久留美は悪戯《いたずら》っぽく白い歯を剝き出す。

「尻軽女を気軽にパコらせてやるって言ってんのよ」

戦慄《せんりつ》のお誘いに豪は再度フリーズした。


ヨガ教室はだだっ広い印象だった。

テーブルや椅子がないので空間を広く使えるからだろう。

あるのはマットぐらい。

そこに久留美が立つ。

「ほら、ヤリましょ。ご自慢の立派なモノで浮気女を好きにしてみなさい」

「ま、待ってください。でもここって……」

「カーテンは閉めてるから外にバレたりしないわよ」

「いやいや、いや、でも……」

豪は生唾を飲んで口を湿らせた。

「となり、桐枝さんがまだいるのに」

喫茶キリエはヨガ教室のとなりにある。下手なことをすれば行為中の声が聞こえてしまう。いくらなんでもそれは避けたい。

「お堅いねぇ、菅くんは。人妻を犯しまくってるヤリチンなのに」

「それは否定できないけど……！」

「目の前に据え膳あるのにガマンできるの？」

久留美は黒パーカーのポケットに手を入れ、大きく前を開いた。

白いシャツの胸部分はツンと上向きに尖っている。彼女らしい強気なバストだ。

下はスキニーなデニムで、長い脚を見事に強調している。ただ長いだけではない。

太ももやふくらはぎが悩ましい曲線を描いていた。

髪型は無造作に垂らしながら艶のあるセミロング。

なにもかもシンプルだからこそ、素材の良さが際立《きわだ》つ出《い》で立ちだった。

「こういう女を犯してみたいって思ったことない？」

　腰を軽く左右に揺すれば、たちまち濃厚な色気がにおい立つ。ただ腰を振ったのでなく、男との交合を意識した艶めかしい動きだ。バレエで培《つちか》われた体幹、ヨガで養われた柔軟さ、そして男性経験で積みあげた性戯の賜物《たまもの》だろう。

　宝塚じみた凜々しい美女が一瞬で男好きな淫婦に変わったかのようだ。

「パコりたくない？」

　上目遣いに、俗っぽく下品な言い回しで、誘惑してくる。

「人妻で鍛えた強いおち×ぽで、ヤリマンをとっちめてやりたくない？」

「お、俺は、そんな……ただ……」

「本当は桐枝先輩とパコりたいんでしょ？　わかってるよ、それぐらい」

「なっ……！」

　想い人を言い当てられるのは仕方ない。態度に出ている自覚はある。

　衝撃だったのは、彼女が尊敬する先輩に下劣な言い回しをしたことだ。しかもますます腰をくねらせ、豪ににじり寄りながら。

「桐枝先輩と一発ヤリたいんでしょ？　旦那さんを亡くしてずーっと欲求不満の未亡

人ま×こを使って精液コキ捨てたいくせに」

「そういう言い方は、失礼ですよ」

「逆。アンタこそ失礼よ。桐枝先輩のこと無垢な聖女さまだとでも思ってんの？」

予想外の言葉に豪は頭を殴られた気分だった。

たぶん図星だからだろう。

それは逆説的に、桐枝は聖女ならざる業を秘めているという話でもある。

「じゃあ、もしかして……赤沢さんも茅場さんや薬師寺さんみたいに、その、複数の男性と関係を持ってたり……？」

「そうは言ってないよ。比較的お堅いタイプだとは思う」

「そ、そうですか。よかった……」

もし桐枝がいろんな男と交わっていたらショックを受けていたところだ。

「でも、べつに性欲がないわけじゃないからね。むしろ持てあまして持てあまして、相当溜めこんでるんじゃないかな」

「やっぱり……旦那さんがいなくなってから、全然してないから？」

久留美は言葉を返さず、ただにんまり笑う。

バストの先端が豪の胸につくか否かの距離に彼女はいた。スタイルが良いだけでなく背も高いので、視線がひどく近い。

「ほら、口貸せ」

北欧系クォーターの上品な顔から乱暴な言葉使いが飛ぶ。豪の顔をつかんで強引に唇を重ねると、さらに下品な舌遣いがねじこまれた。

粘り気たっぷりの舌が豪の口腔で暴れまわる。長い舌だった。口内粘膜をぐるりとひとなめすると、豪の舌を絡めとって締めあげてくる。まるで柔道の関節技のように激しくたくみに、唾液を搾りとるかのように。

「はふっ、おぉっ、ちょ、れおぉ……！」

返す言葉がうめき声に変わる。あまりにもたくみなキスに腰が砕けそうだ。

しかも彼女はズボン越しの男根をゴシゴシとしごいていた。

他方の手では豪の手をつかみ、自分の乳房に引き寄せる。

豪が反射的につかんだ乳肉は、柔らかくも弾力たっぷりの揉み心地だった。

（い、いままでのふたりとは、ちょっと違う……！）

これまでの二人も一皮剝けば肉食獣のような女性だった。

だが久留美は剝くまでもなく肉食で、攻撃的なまでにがっついてくる。

口を離すに際しては唾液の糸をなめとり、挑発的な笑みを浮かべた。

「これぐらい強引に迫ってみたら？　先輩だって一発でオチちゃうかもよ？」

「で、でも、これはさすがに激しすぎで引かれるんじゃ……」

「こんなに勃起しておっぱい揉んでるくせに」

「それは、俺が男だから……！」

言っているそばから手が勝手に動き、柔肉を愉しんでしまう。

ペニスに関しては、いつの間にやらズボンから引きずり出されていた。あっという間の神業《かみわざ》である。性的に荒れていた時期に身につけたテクニックだろうか。

「ぐっ、あぁ、赤沢さんは、俺みたいにだらしなくは、うぐッ」

直接の手コキで荒々しく責められ、海綿体に鬱屈《うっくつ》した衝動が溜まる。

「そういうの幻想だから。先輩だって顔なじみのちょっと可愛い年下の男の子に強引にパコられたい気持ちぐらい持ってるから」

「い、いや、いくら溜まってるからって、俺なんかと……」

「人妻ふたり病みつきにさせる極上の竿《さお》持ちが、謙遜《けんそん》してんじゃねぇよ」

乱暴すぎる言葉遣いをしながら、久留美は豪の首を抱きしめた。そのまま後方に体重を投げ出し、柔道の捨て身技のように豪を巻きこむ。

「うわっ」

久留美のたくみな重心操作で、マットに倒れるときも衝撃はない。

気がつくと豪は馬乗りになっていた。

仰向けでも上を向くバストを尻の下敷きにし、顔にペニスを突きつける体勢だ。しかもペニスがしなって、美麗な相貌をぴしゃんと打つ。

「あー、やったな？　女の顔をち×ぽで叩くとか最低だぞ？」

「ご、ごめんなさい、すぐどきます……！」

「最低なこと桐枝先輩にするとこ想像してみてよ。絶対興奮するから」

「うっ」

言われて反射的に想像してしまった。

桐枝のほがらかな笑顔を男根で打つところを。

笑顔が驚きに塗り替えられ、二度、三度と頬を打たれれば、ねっとりした恍惚感に染まっていく。メスの顔というやつだ。

「あららー、ち×ぽビクビク跳ねてるじゃん。そんなに先輩をち×ぽでいじめたかったのかしら？」

「そ、それは、ち、違……！」

違う、と言いきれない。

卑猥な想像をして昂ぶる獣が心のなかに存在した。

桐枝に欲望をぶつけたい気持ちは肉棒に宿って蠢動《しゅんどう》している。

久留美はそんな心情を見透かして、みずから男根に顔を擦りつけた。

「ほーら、菅豪さんのぶっといおち×ぽでお顔いじめられて、ガマン汁塗りつけられて、桐枝さんがどんどん股濡らしてくよ〜、ほーらほーら」

淫らな先走り汁の餌食になりながら、さも楽しげに挑発をしてくる。

「やっぱり失礼ですよ、そういうの」

さすがに豪もいら立ちを押さえきれなかった。

聖女であろうとなかろうと関係ない。一個人の心情を性欲基準で勝手に語るのは、相手の尊厳を傷つけることだ。いくらスタイルがよい美人だからと言って、越えてはならない一線はある。

「失礼なことしちゃいましょうよ。頭のなかの桐枝先輩をめったくそに犯しまくってズリネタにしちゃいなさい、スガツヨシくん」

クォータゆえのツンと尖った鼻が攻撃的ですらあった。

(もう許せない)

豪はキレた。

「いい加減ヘンなこと言うのはやめてください！」

赤みの強い髪ごと頭をつかみ、口元に逸物を擦りつけた。下品な言葉を封じたかったのだが、彼女はみずから亀頭にかぶりつく。

「んふっ、おいひぃち×ぽ、いたらきまーふ」

久留美の美しい輪郭がくぼんだ。頬をへこませて粘膜をペニスに貼りつけ、湿潤たっぷりの口腔を上下させる。ぢゅぽんっ、ぢゅぽんッ、とすさまじい音にふさわしい吸着感が男根を襲った。

「うっ、あうっ、この……！」

豪は後ろ手に彼女の体を撫でた。手探りで腹から股へと指を這わせる。

軽く力を入れると、ズボンがぐぢゅりと奥に沈んだ。

「はぁッ……！」

久留美の腰が小さく震える。口淫もわずかに緩んだ。

「柔らかい……ぐちゅぐちゅって鳴ったけど、ものすごく濡れてませんか？」

「んんっ、ぢゅちゅっ、ちゅぱッ……そりゃそうよ、こんなエグいち×ぽしゃぶって濡れない女なんていないないでしょ。桐枝先輩も含めてね？」

「口が減らない！」

豪はさらに久留美の秘処を責めた。

ズボンに爪を立ててカリカリと引っかけば、久留美の尻がビクビクと震える。たびたび指を押しこめば、じんわりと湿り気がにじみ出してくる。

「はあッ、あちゅッ、ちゅうぅううッ、ぢゅるるるッ」

久留美の口舌は止まらないが、感じるたびに動きが乱れた。

それで豪の快感が弱まるかと言えば、そうでもない。

こわばった舌が敏感な裏筋や肉エラを強く押さえつけるのだ。しかも頭の振り方が上下だけでなく、左右に変動することもある。種類の違う愉悦を立てつづけに与えられ、海綿体が歓喜にわなないた。

「まだだ、まだ負けない……！」

豪は指を使いやすいように、すこしずつ体勢を変えていく。生意気な口に突っこんだ肉棒を支点にくるりと転回し、四つん這いで久留美の股と向きあう。

シックスナイン。男女双方が愛撫しあう体勢だ。

スキニーなズボンを脱がせる。

スポーティなデザインのショーツも脱がせた。

「へえ、手際いいじゃない？　やっぱり女遊びに慣れてきてるね。桐枝さんだってこんなふうに脱がせて抱いてあげればいいのに」

「黙っててください！」

一時的に解放されていた逸物をふたたび久留美の口にねじこむ。あたたかくてヌメヌメで、しかもよく動く。呆《ほう》けてしまいそうなぐらい気持ちがいい。

けれど、耽溺《たんでき》はしない。

豪は怒りにまかせて発奮しようとした。

「あ……ない」

なかった。

久留美の股には大人の女にあるべき茂みが見当たらない。

白人由来の白い肌のど真ん中に、褐色に色づいた肉花が開いている。

「剃《そ》ってるのよ。このほうが感度もよくなるしね」

「そ、そうなんだ……」

思わず感心してしまったが、そういう場合ではない。

濡れそぼった小陰唇に中指をあてがうと、「はぁ」と甘い声が聞こえた。

ずぶ、ずぶ、と押しこめばくびれた腰が浮き、痙攣気味にこわばる。

「このまま、ほじくるぞ……！」

軽く出し入れすると、とぷ、とぷ、と大粒の愛液が横溢した。

「あっはぁあぁッ……！　あははっ、いいぃ、男の指、さいっこう……！」

久留美は笑い声すらあげながら、嬉々としてフェラチオを再開した。今度は幹に添えた手と唇の輪でしごきながら、頭を退《ひ》くときに凄まじい勢いで吸引する。

「ぢゅぢゅぢゅッ、じゅるるるッ、ぢゅぱッ！　ぢゅっぱ、ぢゅっぱっ」

「あうッ、くううぅ、やっぱり上手い……！」

攻撃的な口淫に豪の腰は砕ける寸前だ。

負けられない。負けたくない。

（手だけで勝てないなら、俺も口を使うんだ……！）

豪は意を決して、久留美の股に顔を押しつけた。

「あんんッ！」

肉茎への快楽責めが一瞬、停止した。

豪が秘処にしゃぶりついた瞬間だった。

意図したわけではないが、角度的に秘裂の上部。女体でもとくに性感神経が密集している肉豆を吸う形である。

（すごい……女のひとの匂いがものすごく濃い……！）

愛液で濡れた股は性臭の坩堝《るつぼ》である。口に含めば鼻を抜け、脳が媚薬《びやく》漬《づ》けになる。

吸った。彼女の攻め手を真似して、唾液たっぷりに音まで立てて。

舌でぐりぐりと押し潰せば包皮が剝け、小豆を直接刺激できた。

「はひッ、んあああッ……！　やるねぇ、菅さん。これ効くッ、あんッ、あああぁああッ、クリちゃんにちゅっちゅされるの、ヤバすぎぃ」

久留美が愉悦に浸るのも一時のこと。

直後には噛みつくようにしゃぶりついてきた。

たがいに性器にしゃぶりつき、こすり、感悦した。

豪はクリトリスの豆粒感を口と舌で味わっていた。男遊びをしつくした女の蠢《うごめ》く穴を指で愉しんだ。そして彼女の口舌を股間で満喫して、心も体も昂ぶっていく。女を使った快楽をすべて貪っていた。

それは久留美にとってもおなじだろう。

「んんーッ、ぢゅぢゅッ、ぢゅるるッ、ぉんんんんッ……！」

なまめかしい腰と尻をひときわ大きくよじらせる。

(やった、勝った……！)

男としての勝利感に豪が酔いかけた、そのとき。

ぢゅぢゅじゅじゅぢゅるるるるるるるるるるるるるるるるるるるぅぅッ！

未曾有《みぞう》の吸引で抗《あらが》うことのできない絶頂に導かれてしまった。

「あああぁッ、くそぉ……！」

豪は抗えない射精に悔しさまじりの快楽を放出した。

「おんっ、んんんッ、んぐっ、んぐっ、ごぎゅっ」

久留美も腰尻をビクつかせて絶頂に浸っている。それでいて精液を嚥下《えんげ》するだけの余裕があった。百戦錬磨《れんま》の男好きである。童貞を捨てて一ヶ月も経っていない小僧にそうそう負けるわけがないのだ。

やがて射精が終わり、法悦の余韻に震えながらも体を離した。

「くうぅ……負けた」

豪は敗北感にさいなまれた。

べつにもとから勝負などではなかったのだが。

(赤沢さんのことで意地になってた……？　いや、でも……)

——男として久留美を負かしたい。

ゲスな本能に駆られて、無茶をしてしまった気がする。

おそるおそる彼女の顔を見れば、ひどく楽しげな笑顔が浮かんでいた。

「はぁ、燃えたぁ。私と引き分けとか大したもんだよ、菅さん」

「引き分け……？」

「だいたいいっしょにイッてたし、そういうことでいいでしょ」

あっけらかんとした態度は普段の久留美らしい。

けれど双眸《そうぼう》はどろりと淀んでいる。過度な肉欲があふれ出しているのだ。

「今度はちゃんと勝負つけないとね。本気のパコパコで」

股を開く久留美をまえに、豪もまた男のプライドに賭けて勃起した。


白鳥久留美はなんの未練もなく服を脱ぎ捨てた。

マットに腰を下ろしてM字に脚を開き、指で秘処を左右に開く。

小陰唇は褐色に色づき、使いこまれて波打っているが、すこし内側は赤みが強い。

ひくひく動いてはヨダレを垂らすのがひどく浅ましい。

「ほぉら、ここが菅さんの大好きなおち×ぽハメ穴だよぉ」

恥も外聞もない下世話な物言いだった。

くり返すが、白鳥久留美はスタイルがいい。

元バレリーナであり、現在はヨガのインストラクター。

筋肉はスタイルを引きしめる最適な量を保っている。けっしてボディビルダーのようなマッチョでなく、バストとヒップに張りを与えて、腹も引き締まった、ある種健康的な色気を感じさせる体型だった。

だからこそ、性欲むきだしの態度と体勢に腹立たしいほど興奮させられる。

「そんなにハメてほしいんですか」

「食べたいのよ、ガッチガチのおち×ぽ」

相も変わらず挑発的な久留美のまえで、豪は膝をついた。

この女め、と怒りをこめて、腰を押し出す。

「あっ、はぁん、きたきたぁ、人妻食い荒らすわるーい子、いらっしゃーい」

久留美は鋼じみた棒杭を飲みこみながら、心地よさげに吐息を漏らす。笑みを浮かべたまま、余裕の体は崩さない。

かたや豪は歯を食いしばって快感に耐えていた。

「うっ、ぐう、なんだこの動き……！」

想定外の蠢動がペニスを揉みしだく。まるで膣とは思えない激しい動きだった。襞肉ごしに手指でこねまわされているかのようだ。

「ヨガやってると普段使わない筋肉まで意識が行き渡るからね。アソコの括約筋《かつやくきん》だってこのとおり！　ぼんやりしてると噛み砕いちゃうよ？」

「あぅッ、こ、この、ふううぅッ……！」

あまりの快感に身動きが取れない。このままではジリ貧だ。

一方的に咀嚼されて無様《ぶざま》に射精してしまう。

(それはさすがに悔しすぎる……！)

豪は歯を食いしばり、震える手で乳房に触れた。

「ふふ、やっぱりおっぱい好きなんだ？」

乳肉の量は朝子と同程度だろうが、形がいいのでボリューム感がある。揉めば指が沈みゆくが、一定以上の深みで弾力豊かに押し返す。

生意気なおっぱいだった。

「こ、この、こうしてやるッ……！」

豪は乱暴に握りしめ、乳首を強くつねってみた。

「あはっ、力任せの愛撫はダメだよ？」

「え、あ、ごめんなさい……」

「経験すくない子にやっても痛がられるだけだからね。まあセックス慣れしてる人妻とか私みたいなヤリマンにはちょうどいいんだけど、あふっ」

久留美は胸先の痛痒《つうよう》に、顎をあげて感じ入っていた。乳首の硬さがひどく生意気で、気後《きおく》れしかけた豪の攻撃衝動を刺激する。

「こういうふうにされるのが気持ちいいんですか？」

両胸を同時に揉み潰し、乳首をねじあげる。美里もこうすると悦んでいた。

「あぁあぁあッ、それいいッ、最高ぉ……！」

案の定、久留美はとろけるような笑みで歓喜を謳《うた》う。

胸の喜悦と連動して腰まで動きだした。いままでは膣肉が蠢いていたにすぎない。後ろ手に床を押さえ、尻を浮かせてダイナミックに前後する。男根にとってひどくシンプルに気持ちのいい摩擦がはじまったのだ。

「あっ、くッ、動き、すごいッ……！」

対面の膝立ちで股をぶつけあう体位は豪の経験にない。慣れた動きの久留美に翻弄《ほんろう》され、軽く揺する程度の腰遣いしかできなかった。

「あ、せっかくだから舌絡めながらパコろっか」

言うがはやいか、久留美は豪の唇をなめた。れろれろと舌を動かすが口内に差しこむことはない。ただ唇に唾液を塗りこむ。

「あ、あうつ、れろっ……！」

豪はつられて舌を出し、口の外で粘膜同士を絡めた。

ねちゅねちゅと水音が大気に踊り、ひどく淫猥な雰囲気が醸し出される。口内に隠さない露出狂じみたキスに、ふたりはそろって昂ぶった。

腰が弾む。

豪も自然と前後動ができるようになっていた。

「あはっ、あんっ、じょうずじょうず、ツヨシくんはま×こ虐《いじ》めるのがじょうずな良い子でちゅねー、んっふ、あぁあッ」

「ど、どこまでもバカにして……！　このっ、このッ！」

胸を揉みあげ、腰を叩きつける。激しく乱暴に、凌辱するように。

だが意識の片隅に冷静な部分が残っていた。

──こうしたほうが女のひとはもっと悦ぶ。

乳首をねじるときの加減。膣肉を突きあげるときの角度。それらを念頭に置いたうえでの乱暴さだった。

「あッ、あーっ、それいいッ、うっヤバッ、思ったより本気で上手ッ……！」

久留美の眉根に皺が寄る。きれいな額に玉の汗が輝く。苦しげにも見えるが、余裕を保てないほど気持ちいいのだろう。

「ど、どうですか！　俺のテクニックは！」

豪は勝ち誇りながらも責めつづける。生意気で挑発的な美女を性戯で追い詰めることには強い達成感があった。男の本能が昂揚して止まらない。

突いた。突きまくった。連打した。

経験豊富な女ほど感じやすい一番奥、子宮口。

「あぁぁッ、効くっ、ち×ぽエッグいッ……！　はあッ、奥よすぎぃッ！」

自称ヤリマンの余裕顔が消えていく——達成感が重積していく。

が、ふと豪は気付く。

彼女の腰遣いはまったく収まっていない。快楽に溺れて動きが鈍るかと思いきや、むしろいっそう果敢に振りたくっている。膣内の蠢動にいたっては、ますます激化しているのが現状だ。

「うっ、ぐっ、そうか、これがいいのかッ」

いったん意識するとペニスに満ち充ちた快感に屈しそうになる。

豪は尻に力を入れて絶頂を抑《おさ》えこみ、継続して抽送《ちゅうそう》した。もちろんバストを揉んでねじるのも忘れない。

「この体勢のほうが当たりやすいよ？」

「えっ」

久留美はこともなげに後方へ倒れた。床に肘をつき、長い両脚を豪の肩に乗せて、床から腰を持ちあげる。脚が閉じ気味になって、膣の締まりが増した。

「おっ、おおおっ？　こ、これは、すごい……！」

「そうでしょ、すごいでしょ？　おち×ぽイキたくなっちゃった？」

「ま、まだぜんぜんです……！」

もはや意地だった。

久留美にこのまま好きにされて終わりたくない。

彼女をよがらせ、先にイカせなければ、男の矜持《きょうじ》が保てない。

「どうだッ！」

ヘソを押しあげるつもりでがむしゃらに突いた。

「んはぁあぁッ、奥ごつんってきたぁ！」

「気持ちいいのかッ、このっ」

「いいっ、最高ッ！　やっぱ子宮口ゴッゴッされるのたまんないぃッ」

「なら感じろッ！　もっと感じろッ、この、この……！」

がむしゃらすぎて、自分がなにを言っているのかわからない。

「このヤリマン浮気女！」

ひどい罵倒を吐き出してしまった。

「あはっ、そうなのぉ。浮気大好きなヤリマンなのぉ……あひんッ！」

美里なら泣きだしそうな顔でよがるだろうが、久留美はひと味違う。笑顔で受け入れながら、股をどろりと湿潤させる。彼女にもM気質はあるのだろうが、美里ほどへりくだっている感はない。むしろ攻撃性は止まらない。

「ち×ぽこうやって貪り食うの、だーいすきなヤリマンなのぉッ」

柔腰をねじりだす。抜き差しに角度をつけて圧迫に変化をもたらしながら、子宮口への直撃は保つ——経験豊富だからこその腰遣いだった。

豪にとっても痛烈に響く攻めである。

絶妙に締めつけ絡みつくハメ穴が、さらにダイナミックに運動するのだ。

「あっ、ぐっ、ううぅ、このぉ……！」

快楽に屈しそうになる心と体を、久留美への反感で支えた。

彼女にだけは負けたくない。

男の子の意地のまま、最後の力を振り絞って躍動した。

「イけッ、このッ、久留美！　イけイけイけッ、久留美、久留美ッ！」

「あぁんッ、名前呼び捨てもイイぃ！　セックスはやっぱりこうじゃなくっちゃね、あはッ、あッ、んぁあああッ！」

ビクンッ、と久留美の尻がひときわ大きく跳ねた。

その一瞬だけ、彼女の腰遣いが鈍る。

限界の時がきたのだ。

「イけッ久留美！」

「あああッヤバいヤバいくるくるくるッ、エグいのクるぅううううううッ！」

久留美は弓なりに背を反らし、ついに至福の果てへと到達した。

豪の絶頂も同時。

のたうつように痙攣する肉壺のなか、逸物が沸騰し、爆裂する。

びゅうぅーッ、びゅるるるるぅ――ッ、と噴出した。

「おおぉお、出てるっ、いっぱい出てるっ……！」

尿道の喜悦にあわせて全身から汗が噴き出した。

久留美の白い肌も赤らみ、汗にまみれて、匂い立つほど艶っぽい。

くびれた腰は痙攣しっぱなしだった。子宮で爆発するオルガスムスを反映して、激しく、執拗《しつよう》に、長々と震えつづける。

必然、豪の逸物も刺激されて射精が長引いてしまう。

「うあっ、はあッ、あーッ、まだ出るっ、まだまだ出るっ……！」

射出のたびに汗がしたたり、久留美の肌を汚す。内も外も自分の体液で汚しているようで、ひどく気分が昂ぶった。

「いいっ、中出し大量でめちゃくちゃ燃えるッ、んんんッ……！」

久留美は下腹の充実感に酔いしれながら、ふと思わせぶりに笑みを見せる。訳知り顔、というべきだろうか。

「中出しするときは本気で孕ませるつもりでやりなよ？　私たちはピルぐらい飲んで生ハメするけど、男が気分だけでもその気だと盛りあがるからね」

「そ、そういうもんですか？」

「弱気になんなよ。女抱くときぐらい、さっきみたいにガンガンいきなさい！」

久留美は豪の首を抱き寄せ、耳元にささやいた。

「桐枝先輩は強気にガンガン攻められるほうが好きだからね、絶対に」

アドバイスは絶頂にゆるんだ脳細胞に深く染み入るのだった。

第四章　未亡人の絶頂啼き

思えば昔から年上の女性ばかり目で追っていた。
幼稚園のころは保母さんが大好きだった。
小学校にあがると女性の担任に褒められたくて勉強をがんばった。
中学のころ、友達の母親に色気を感じ、自慰行為のオカズにしていた。
高校になると従姉が結婚し、出産したあとの姿がひどく印象に残っていた。
そして大学にあがり、桐枝に出会った。
優しくも朗らかな態度に胸がときめき、彼女しか見えなくなった。
「カンゴくん、このあとすこし時間もらえる？」
夕食時の喫茶キリエで、憧れのひとが耳打ちしてきた。

おなじ年ごろの女の子たちと違い、すこし低くて落ち着いた声。鼓膜が震えて脳が甘みに浸る。聞き入っていたいが返事をしなければならない。

「はい、それは構いませんが」

「ありがと。はい、オマケのデザート」

豪の注文した特製カツ丼と青汁にカッププリンが添えられた。

おおよそ喫茶店らしくないメニューは相変わらずだ。

トンカツのような揚げ物は喫茶店では調理できないので、自宅から持ってくるか商店街の肉屋で買ってくるという。コストが違っても価格はおなじ。大学生にも求めやすい安価なものだ。

味もいい。とじた卵にダシが効いていて、出来あいのトンカツを美味にしている。

やや乾いた米がダシを吸うのも絶妙だ。

トンカツの脂っこさは青汁が中和してくれる。

デザートのプリンは、幼いころに慣れ親しんだ量産品の味でほほえましい。

「ごちそうさまでした」

豪は合掌して小声で唱えた。

ほかに客はいない。

桐枝が食器をさげ、手洗いをする音が静かに響く。

店内ＢＧＭのジャズに軽やかな鼻歌が重なる。

（ずっとこうしてたいなぁ）

幸せな時間だった。

ややうつむきがちに洗い物をする桐枝の顔もいい。いつも上機嫌にほほ笑みを浮かべていて、見る者の心を和ませるのだ。

す、と視線が合う。

「あ、すいません」

「うふふ、こんなおばさんしか見るものがなくてごめんね」

「桐枝さんはまだまだお若いですよ」

「あらまあ、お上手。大学生から見て十歳以上年上はおばさんでいいのよ」

自虐特有の湿っぽさはない。加齢そのものに楽しみを見出して、おばさんである自分を肯定する口調だった。

けれど、若いと思うのは事実だ。

顔に目立った皺はないし、肌も美しい。美里ほど少女的な顔立ちではないが、「きれいなお姉さん」といった相貌だ。

「そろそろ閉店時間ね。表の看板を引っこめてくれる？」

「あ、わかりました」

豪は店の表に出て、日替わりメニューを書いた看板を店内にしまった。ドアにかけてある札を裏返して「ＣＬＯＳＥＤ」にする。

カウンター席に戻ろうとすると、桐枝に奥のテーブル席を示された。

「もう終わるからソファで待ってて」

奥のテーブル席だけにはふたりがけのソファがある。

腰かけたところで「よし！」と桐枝が作業を一区切りした。

「お待たせ、カンゴくん」

そう言って、湯気の立つ煎茶をテーブルに置いた。

「あ、どうも。いただきます」

洋風の喫茶店らしくない飲み物が桐枝らしい茶目っ気に思えた。

ずず、とひとすすり。

とすん、と真横でソファが沈む。

桐枝が真横に座ってきたのだ。

「それでカンゴくん、お話なんだけど」

「は、はい？」

近いんですけど、とは言えなかった。真横から胸を押しつけられたら理性なんて痺れてしまう。

エプロン越しの深い谷間が腕を飲みこんでいる。全身を抱きしめられるに等しい衝撃だった。

「このあいだ、久留美ちゃんとふたりで出ていったことあったでしょ？」

「え、あ、はい、そうですね」

「おとなりのヨガ教室に行ったんだよね？」

「それは、そうですね、はい」

「声、ものすごかったけど……そんなに激しいプレイしてたの？」

「は……は？」

桐枝は興味津々《しんしん》といった様子で目を輝かせている。

「もしかして……聞こえてました？」

「そりゃ聞こえるわよ。真横よ？」

喫茶キリエとヨガ教室が隣りあわせなことは知っていた。壁に隙間はないが、聞こえて当然である。

だが、あのときは頭に血がのぼって細かいことを考えられなくなっていた。

そのうえ後日、桐枝があまりに平然としているので、聞かれていないと思いこんでしまった。

「久留美ちゃんって美人でしょ？　学生時代からとってもモテてたし、男性経験も多いんだけど、それがあんなふうに声をあげるなんて……カンゴくん、おとなしそうなフリして相当なヤリ手なのね」

うふふ、と悪戯っぽく笑う桐枝に、豪は返す言葉もない。

赤沢桐枝は聖女ではない。それはわかっている。

だが、性の話題からは一歩退いた位置にいると思っていた。久留美が言っていたような人妻特有の濃い性欲を秘めているとは、どうしても考えられなかったのだ。

亡き夫に操《みさお》を立てる――そんな貞淑な未亡人のイメージが強かった。

「朝子さんだってカンゴくんに抱かれて久々に女になったって言ってたわよ？」

「え、ええ？　朝子さんそんなこと言ってたんですか？」

「美里ちゃんも油断すると本気になりそうって大絶賛よ」

「そ、そんなに……？」

朝子も美里も守秘義務というものを知らないらしい。

（ど、どうしよう……赤沢さんにだらしない男だって思われてる……！）

豪は言い訳もできずにうめくばかりだ。

なにもかも終わったと思った。

喫茶キリエに通い、美しい未亡人への憧れの感情をわずかに満たす——そんなささやかな幸せを求めることは、もうできない。

と、自虐の底に沈みかけたところで自制する。

「それで、どうなのかしら。だれが一番好みだったの？」

桐枝はけっして豪を忌避していない。むしろ身を寄せ、豊かな乳肉を押しつけている。

まるで思春期の少女が他人の色恋に食いつくかのような様相だ。

あらためてよく見てみる。人妻をよがらせるため手をつくしたときのように。ほのかに頬が赤らんでいる。

瞳が揺れているように見えるのは、かすかに潤んでいるためか。

時たま、ごくりとツバを飲んでいた。

(もしかして、赤沢さんは……)

すこしまえなら認めたくないことだったかもしれない。

だがふたりの人妻に彼氏持ちの美女と交わったことで、豪も成長した。

どんな人間にも性欲はある。そのことを熟知した。

「……赤沢さんはどうなんですか？」

「え、私？」

桐枝は目を丸くしたかと思えば、曖昧な笑みを浮かべて視線を逸らした。

「私は、どうかしら。よくわかんないかな？」

恥じらいの表情を浮かべているが、体を離そうとはしない。ただ動揺に身じろぎし、たぷんたぷんと乳肉を揺らす。

その反応から、豪は桐枝の心情を見透かした。久留美から聞いた話を考えても間違いないだろう。

（でも、本当にいいのかな？）

ためらう心はあった。

憧れのひとを憧れの眼差しでずっと見ていたい。喫茶店で顔をあわせて、たまに話をし、手料理を食べさせてもらう。それだけで充分幸せではないか。

だが、と否定する心もあった。

それは渦《うず》のように激しく豪の弱気を飲みこんでいく。

「桐枝さん」

下の名前で呼びながら、彼女の手を握った。

「あっ……カンゴくん……？」

「桐枝さんは興味ありませんか」

「なにに、かしら」

そわそわと落ち着かない様子の桐枝だが、いまだに拒絶する気配はない。

――いける。

ブレーキはもうかからない。豪の本能と欲望が暴走した。

「俺の体にです」

彼女の手を引き寄せ、股間に押しつける。

逸物は期待感でガチガチに固まり、ズボンを大きく押しあげていた。

「あ、あぁ……これ、カンゴさんの……」

「人妻のみなさんに愉しんでいただいたモノです」

他方の手で桐枝の肩を抱き寄せる。

赤らんだ耳元で囁いた。

「人妻に悦んでもらった自慢のち×ぽです」

ここ最近の乱れた性経験が豪に勇気を与えていた。

蛮勇かもしれないが、その野蛮さが桐枝には響いている様子だ。あきらかに呼吸が浅くなり、渇いた喉をすこしでも潤そうとツバを飲んでいる。

「あぁ、はぁ、だめ、カンゴくん……！　おばさんはね、いまでも夫に……」

「言い訳しないで、桐枝さん」

豪はあえて押した。

ここで諦めたらきっと後悔する。

「ハメてほしいんでしょ？」

ゲスな物言いに彼女は黙りこむ。

嫌がってはいない。もし忌避しているなら、触れたままのペニスをやんわり握ってこないはずだ。

「……俺は桐枝さんに、これをハメたいです」

ゲスにゲスを重ねると、やけに清々しい気分になった。

(俺、本当は……桐枝さんとヤリたかったんだ)

ようやく理解した本音だった。

優しくも美しく胸が大きい人妻とセックスがしたい。

もし断られて気まずくなったら、気弱な自分では二度と会えなくなる。だから、憧れの気持ちに甘えて本音から目を背《そむ》けてきた。

けれどいまは違う。はち切れんばかりのペニスがすべてを語っている。

「ヤラせてよ、桐枝さん」

本能むきだしの下品な言葉遣いをしながら、桐枝の耳を噛んだ。

「はあぁ、いやぁあ」

「もう濡れてるんでしょ？　若い男の硬いチ×ポぶちこまれないと、もう満足できないんじゃないかな。ねえ、言ってよ、桐枝さん」

桐枝の手ごとペニスを握りこんでみた。白魚の長い指が海綿体に食いこんで気持ちいい。ヤりたい、ハメたい、と股間が叫んでいる気がした。

「カ、カンゴくん……ほんとに、私みたいなおばさんと……したいの？」

「したいし、ヤります。嫌がられても、無理やり抱きます」

「あぁ……そんな、ひどい……」

桐枝はいやいやとかぶりを振った。

同時にもじもじと太ももを擦りあわせ、腰をよじらせる。

「いま、アソコうずいたでしょう？」

桐枝の息が止まる。図星だろう。

(Mっ気のある女のひとって多いのかな？)

桐枝は強引に迫られると弱い。

なら、悦んでもらいたい。

そして受け入れさせたい。亡き夫以外の男を。

「いつも俺のこと考えておま×こウズウズさせてたの？」

彼女の手を離して、太ももをさする。閉じた内もものあいだに指先を差しこみ、すこしずつ這いあがっていく。

「あ、ぃやっ、そこは……！」

ますます桐枝の腰がよじれ、声が鼻にかかった。

それでいて、彼女の手は豪の逸物をつかんだままである。わずかながら指を開閉して刺激を与えている。

「このち×ぽが欲しくて、毎日オナニーしてたんじゃないの？」

ぐ、とまた桐枝は呼吸を止めて黙りこむ。

「え、その反応、図星？」

「ち、違います……！　毎日ではなくて……！」

「じゃあ二日に一回ぐらい？」

また呼吸が止まる。わかりやすい反応だし、すさまじく興奮する話だった。

「そっか……桐枝さんは十歳以上年下の若いち×ぽを想像してオナニーする悪い未亡人だったんだね」

「い、いやあ、言わないで……！」

「もう否定しないんだね、浮気オナニー大好きなこと」

豪自身、驚くほど舌がまわった。

辱《はずかし》める言葉がいくらでも湧いて出る。自身の憧れすら穢《けが》すような心持ちだが、なおのこと興奮して止まらない。

「浮気セックスしようよ、桐枝さん」

太ももの狭間でさらに手の平を押しこんでいく。手首に引っかかるスカートをまくりあげながら、奥へ、奥へ。

くちゅ、と指先が湿った場所に当たった。

「うわぁ、濡れてる……」

「ひやあぁ……触っちゃだめぇ、カンゴくんっ……！」

「おま×こぐちゅぐちゅですね、桐枝さん」

「いやぁ、意地悪、いじわるぅ……！」

もはや桐枝はいじめられた子どものように半泣きだった。そのくせ言葉で責められるたびに豪のペニスをぎゅっぎゅと握りしめる。

「じゃあ、ここをいじめるのは許してあげます」

「えっ……」

落胆まじりの意外そうな顔に、豪はひどく意地悪な気持ちになった。

(触ってほしくてたまらないくせに、素直じゃないなぁ)

そういうところも可愛らしい。年上の女性に抱く感想ではないかもしれないが、素直な豪の想いだった。

快活で包容力のある熟女が己の欲望に炙《あぶ》られ、若者の手管《てくだ》に堕《お》ちていく——たまらなく愛らしい様だと思う。

「おっぱい揉むよ」

「いや、だめぇ……！」

あえて宣言してから、触ってみた。

下からすくいあげるようにひと揉み。ずっしりと重い。いままでの人妻たちとくらべても格段にボリュームがある。すこし触れただけで指がどこまでも沈んでいく感すらあった。

男を飲みこむ欲深な肉だ。

「すごいですね……桐枝さんのおっぱい、ずっと触ってたい」

「ん、んっ、ふぅ、ふぅ、いけないわ、カンゴくん……あんッ」

エプロンとブラウスの狭間に手を入れ、スイカのような丸みを撫でまわす。ぐるりと二周するころ、柔らかみの塊に一点の硬さが生じた。

ブラウスを内側から押しあげる突起物を、爪でカリカリと引っかいてみる。

「あっ、あッ、だめ、だめっ、はぁぁあ、だめぇえっ……！」

桐枝は肩を震わせながらも、口に手を当てて声を抑えようとしていた。

「こんなに大きいのに感度もいいなんて、桐枝さんエロすぎるよ」

さらに引っかく。布越しであれば爪が刺さって怪我をすることもない。刺激だけが敏感な乳頭をさいなみ、人妻をよがらせる。

「はあっ、あんッ、あぁんッ……！　カンゴくんがこんな悪い子だなんて……！」

「悪いことされるのはイヤ？」

豪は嫌がられているわけではないと信じて、強気に押した。

片手で乳首をいじめながら、もう一方の手で脚のあいだを再度責める。蒸しあがったスカートの奥、濡れたショーツの中心を、指先で突っつく。

「んぅぅうッ」

桐枝はたまらず指を噛んだ。声を殺すためだとしても無駄なことだと豪は思う。下着から染み出す肉蜜は声よりも如実に彼女の感悦を示していた。

裂け目に沿って下から上へとなぞりあげれば、ますます湿り気が増す。

熟した腰尻が左右によじれて喜悦に震える。

いままで交わった女たちに負けず劣らず淫乱な反応だった。

「そろそろ直接触るからね、桐枝さん」

「だ、だめっ、だめだめ、直接はだめっ……！」

「どうしてダメなの？　もっと恥ずかしい声が出ちゃうから？」

豪は口で言いながらも、まず胸から攻略した。

ブラウスのボタンを外せば大きすぎる胸の内圧で合わせ目が自然とわかれる。そこからブラジャーをつかみ、まくりあげた。生の乳肉がまろび出て、エプロンをぐっと押しあげる。

「うわ、服越しよりぜんぜん大きい……下着でこんなに押さえこまれてたなんて、桐枝さん苦しくなかったの？」

興奮に汗ばんだ手で生乳に触れた。乳膚もほんのり汗を帯びていて、たがいにしっとり吸いつきあう。やんわり揉めばマシュマロのように柔らかい。強く揉めば泥のように形を失う。夢中になってしまう揉み心地だった。

「ああ、触られちゃってる……！　カンゴくんにおっぱい揉まれてるぅ……！」

桐枝の秘処は洪水じみて愛液を垂れ流していた。直接の愛撫はやはり効くのか、それとも素肌を触られた事実に昂揚しているのか、はたまた両方か。

どちらにしろ、まだ女体さぐりの序の口である。

乳房にあるのは素肌だけではない。剝き出しの赤い粘膜突起もある。

充血して人差し指の先ほどに太った突起物を、豪は優しくつまんだ。

「はひッ！　はああッ……！」

「すごい声が出たね。乳首感じる？」

問いかけながら、シコシコと乳首をしごく。

桐枝は喉を反らして、引きつけを起こしたように背筋をビクつかせた。

「あっ、あんッ、あぁああぁッ……！」

どう見ても嫌がっている態度ではない。むしろ胸を押し出して「もっといじめて」

とアピールしている節がある。

「おっきいおっぱいエロすぎるよ、桐枝さん……！」

「えっ、きゃンッ……！」

豪はソファに桐枝を押し倒し、上からのしかかった。

エプロンを真ん中に寄せて胸の谷間に押しこみ、剝き出しの乳首にしゃぶりつく。

唇で吸いあげながら舌で転がす。ほのかに汗の味がして、恐ろしく生々しい感があった。

「あひッ、あんッ、あぁあぁッ……！　カンゴ、くぅん……！」

桐枝の声も甘みが増していく。

だが、まだ足りない。もっとよがらせたい。

豪は赤子のようにしゃぶり、吸い、揉みまわした。

残った手も自然に動きだす。

濡れたショーツを横にずらす。

そして、波打つ裂け目に、ぬちゅり、と触れた。

「あッ、はあぁぁ……！」

ただ指先で粘膜に触れただけなのに、どぷり、と蜜の塊があふれ出す。紛《まぎ》れもなく悦んでくれている——その確信が豪を駆り立てた。

蜜をたっぷり指にまぶして、裂け目の上から下へとなぞる。桐枝の胴震いと喘ぎ声に昂ぶりながら、窄まった入り口を探り当てた。

「あった……桐枝さんの欲しがり穴」

「そんな言い方しないでぇ……！」

「欲しいんでしょ、ここに硬いの」

中指を押しこんでいく。

ぐちゅり、ぐちゅり、と飲みこまれていく。

肉厚な淫肉はねっとりした蠕動《ぜんどう》で指を揉みこむ。男が好きで好きでたまらないという動きだ。ペニスを入れたらどれほど気持ちいいか、必然的に考えてしまう。

「こんなふうにズボズボされたいんでしょ？」

出し入れをすれば桐枝の腰があからさまに浮いた。

「あぁぁあッ、入ってるっ、ズボズボされてるぅ……！」

「もう何年もしてなくて溜まってたんでしょ？　ほら、ズボズボされておま×こ嬉し泣きしてるよ？」

卑猥な言葉責めをしながら、豪自身が昂ぶっていた。

（俺って思ったよりSなのかな）

朝子で女を知った。

美里でM女との接し方を知った。

久留美に攻撃的な衝動を教えられた。

三人に誘導されてこうなったのか、元から素質があったのかはわからない。ただ、いまは桐枝が身をくねらせて悦んでいる事実が、なにより大きい。

「おま×こにハメていい？」

「ひ、あぁ……！」

戸惑う彼女の乳首をしゃぶって、もう一押し。

「ヤラせて、桐枝さん」

「んっ、あぁ、それは、それだけはぁ……！」

嫌がっているのは素振りだけ。膣口はちゅばちゅばと中指をしゃぶり、だらしなくヨダレを垂らしている。

「いまだけ俺のモノになってよ……いまだけでいいから」

たった一夜の過《あやま》ちだと強調して、乳首をしゃぶり、膣肉をほじくった。

桐枝は喉を鳴らしてツバを飲む。

視線は豪の股間に注がれていた。

行為の過程でさりげなくズボンから取り出しておいた、赤黒い逸物。

「……一度だけなら」

彼女はもうペニスから目を逸らせない。

人妻たちを虜《とりこ》にしてきた淫棒のたくましさに、一目で屈したのだ。

桐枝はソファに横たわったまま、片脚を両手で抱えた。

場所が狭いので、両足を抱えるとテーブルに引っかかるのだ。

「こ、この格好、恥ずかしいわ……」

「おま×こが見えちゃうから？」

「うう……カンゴくんがこんなに意地悪だなんて……」

憧れの女性の股ぐらは深い茂みに囲まれていた。黒々した縮れ毛は愛液の臭気をより濃厚に漂わせ、男の繁殖欲を誘う。

茂みの狭間で開かれた肉溝は赤黒くきらめいていた。

豪は青筋の浮いた隆起でぺちぺちとそこを叩く。愛液が糸を引いてふたりを繋ぐ。

糸をたどって亀頭を近づけていく。

「あ、あぁ……本当にしちゃうのね、私……！」

「もちろんしますよ、セックス」

先端で触れた途端に鋭い愉悦が両者を貫いた。

「あぁ……！」

どちらからともつかない、低いあえぎが漏れた。

濡れてよく滑る裂け目を探れば、すぐに入り口にたどりつく。

ふたりは無言で、ちらりと目を合わせた。

泣きだしそうな桐枝の顔。これ以上焦《じ》らされたくないという目つき。

豪は最後に、彼女の耳元に唇を寄せてささやいた。

「いっしょに気持ちよくなろうね、桐枝」

とっておきの呼び捨て。言った自分が恥ずかしくて赤面してしまう。

桐枝にとってはより衝撃的だろう。自分よりひとまわりは年下の男に、同い年の小娘のような扱いを受けたのだ。

「カンゴくん……桐枝を気持ちよくしてください」

彼女の声はすっかりとろけていた。呼び捨ては想像以上に効くらしい。

「ハメるよ、桐枝……！」

「あぁぁ、カンゴくん、カンゴくぅん……！」

上から桐枝の股を押し潰すように、腰を押し進めていく。

にゅるりと拍子抜けするほど簡単に入った。

かと思えば、はむはむと膣口が亀頭を甘噛みする。

「あはぁあああぁ……！　すっごく熱いぃ……！」

桐枝は焦点のずれた目で宙を見あげていた。なにも考えず、久方ぶりの男根をただただ味わっている。

「もっと、もっと深くまでねじこむよ……！」

豪はさらに体重をかけた。

ずぶり、と入れれば、どぷりと愛液があふれる。喘ぎ声も横溢した。

「はうッ、あんッ、あっ、あーっ、あーッ……！」

　赤沢桐枝の嬌声は低音だった。可愛げよりも熟した色気を放つ声が、年上好きの豪を触発する。

　力をこめて、落下した。

　どちゅんっ、と最奥まで一気に突き入れる。

「あへッ、えあぁあああッ……！」

「ああぁあッ、ぜんぶ入ったぁ……！　桐枝さんに、俺のち×ぽぜんぶ……！」

　豪は感動の瞬間に浸りきった。

　桐枝の膣内は熱く、とびきり襞が多い。ペニスが脈動するだけで一斉に絡みついてくる、ミミズ千匹の名器である。

　そして浸るのは桐枝もおなじだった。

「はひっ、はあっ、はあッ……！　う、ウソっ、いやっ、こんな、えっ？　男のひとって、こんな、えっ、なんでぇ……？」

「どうかしたの、桐枝？」

　あまりの狼狽《うろた》えぶりに、豪は不安になって問いかけた。

すると桐枝は無知な少女のように不思議そうな顔で小首をかしげる。

「これ、ほんとうにおち×ちんなの……？」

「それは、どういう意味で……？」

「だ、だって、こんなギチギチになるぐらい大きくて、奥まで食いこんでくるなんて、普通じゃないわ……！　んんッ、ちょっと動いたら、アソコがビリビリって、あひッ、電流が走って、あああッ、おかしいっ、おかしいぃぃッ……いぃんッ！」

桐枝の乳房が激しく弾んだ。

背筋が反り、全身が震えたからだ。

膣内も激しく痙攣して愉悦の爆発を示している。

「もしかしてイッた？」

「あぁぁ、やあぁぁ、イッちゃったぁ……！」

息を荒げながらも胸を上下させる未亡人に、豪は衝撃すら受けた。

挿入しただけでイカせられるとは想定外である。いくら久方ぶりとはいえ、常軌を逸した感じようと言っていい。

(旦那さん、あんまり大きくなかったのかな？)

思えば彼女の秘処は陰毛こそ濃いが陰唇はそこまで黒ずんでいなかった。使いこんでいないし、さほど激しくされてもこなかったのだろう。

だとしたら――付けいる隙だ、と思った。

最低な考えだとも思うが、豪はもう止まれない。

「これが本当のち×ぽだよ、桐枝」

いままで味わってきたペニスは偽物《にせもの》だと断言しながら、ゆっくりと抽送する。そのたびにソファがぼたぼたと鳴る。襞と襞のあいだに絡んだ大量の愛液が、亀頭のエラでかき出されるのだ。

「あひッ、ひんんッ！　あぁぁ、本当の、おち×ぽ……？」

「こんなに気持ちよくしてもらったことないんでしょ？」

思い知らせるために奥を責めた。

根元まではめこんで子宮口に押し当て、ぐりぐりとねじこんでいく。

「ひんッ！　ひぃんッ！　ないッ、こんなのあるわけないぃ……！」

桐枝は両手で目元を押さえて悩ましげにかぶりを振った。

「こんなのセックスじゃないぃ……！」

「これがセックスなんだよ、桐枝。ほらほら、もっと奥をいじめてあげるから、好きなだけ気持ちよくなっていいんだよ？」

「あへぇえええぇッ……！」

子宮口を押し潰すだけで桐枝は身をこわばらせた。持ちあげていた左脚をビクンッと跳ねあげる。肉穴いっぱいに痙攣が充《み》ちていく。

「ほら、またイッちゃった。本当のセックスはこういうものだからね」

「ひっ、ひぃ、あぁ、ありえないぃ、へぁあああぁッ……！」

しばし最奥をいじめるだけで桐枝はイキつづけた。

ヨダレが止まらなくなり、呂律《ろれつ》もまわらなくなっていく。

憧れの女性が崩れていく様を、豪は背徳的な心持ちで眺めていた。

――彼女もまた女なのだ。

言葉ではなく心で理解できた。

それで幻滅するでもなく、ますます愛《いとお》しさが募る。

(俺とのセックスでこんなに感じてくれるなんて)

歓喜とともに腰の動きが大きくなる。

最奥と入り口を大胆に往復するピストン運動。パンパンと肉音が打ち鳴らされ、桐枝の喘ぎが悲鳴じみてきた。

「あえッ、はひッ、ぇあああッ！　カンゴくんだめっ、おんッ、おひッ、ゆるしてっ、ゆるひてぇぇぇぇッ！」

いつもと違う桐枝の声が豪の脳を甘く溶かす。

もっともっと鳴かせるために腰が動く。

「ふぅ、ふぅ、桐枝のおま×こすっごく悦んでるよ？　ほら、この角度でお腹のほう突くとまた違った気持ちよさでしょ？」

「あうッ、それもダメッ、だめだめだめっ、あぁあああああッ……！」

角度を変えて責めてみれば、桐枝は豪の腕をつかんで爪を立てた。傷つけるつもりでなく、すがりついているのだろう。自分よりずっと年上の女性が愛らしい少女のように見えてくる。

ますます突いた。

角度を変え、リズムを変え、徹底的に桐枝をいじめた。

「どうかな、本当のち×ぽと本当のセックスは」

耳元でささやいてみた。

桐枝の顔は汗で髪がはりつき、目は濃厚な快楽に濁っている。とても返答できる状態ではないと思いきや、濡れた唇はゆっくりと開閉した。

「こんなの、はじめてぇ……」

偽りようのない歓喜の声を聞いて、豪は狂った。

この女を自分のものにしたいと思った。

ソファが壊れるほどに腰を振り、たわわな乳房を揉み潰す。乱暴でありながら技術も凝《こ》らして、子宮口や乳首も責めていく。

「あー！　あーっ！　あーッ！　ぁあああーッ！」

「このままイクぞ、桐枝ッ……！」

すでに豪も限界だった。ただでさえ恋慕《れんぼ》の対象を手込めにして興奮しているのだ。激しく出し入れして摩擦感に耐えられるはずもない。

「だ、出すの？　あぁあッ、私のなかにッ……！」

「出すッ、絶対に出す！　中出しするッ！　いくぞ桐枝、桐枝ッ！」

「あぁああッ、カンゴくん、カンゴくぅんッ！」

ラストスパートは単純な力任せだった。ひたすら濡れ壺を突き潰す。ソファが潰れそうなほど強く、激しく、息つく間もなく。

短時間で双方の粘膜に快感が圧縮され、濃縮され、

パンッ！

と、爆発した。

「おおぉおおッ、出る出るッ、桐枝ッ！」

「あへぇぇええぇぇええぇぇええぇぇええぇぇええぇぇええぇぇええッ」

津波のような喜悦に飲みこまれる瞬間、豪は腰を引いた。

白いマグマが噴火して、人妻の腹にべちゃりべちゃりと張りつく。蜘蛛《くも》の巣のように幾筋も交錯して複雑な絵図を描いていく。

「はあッ、あぁぁあッ！　量、すごいッ……！　こんなに出るなんて……！」

「若い、ですから……！」

中に出さなかったのはせめてもの理性だ。

好き者たちのようにピルを飲むよう勧めるのは気が引ける。相手はだれより愛しい女性である。そんな彼女の肌を欲望のエキスで汚すのも充分すぎるほど背徳的なのだ

が、マーキングしてやった満足感もあった。

「ふぅ……本当にいっぱい出たぁ」

すべて出しきった充実感に息を吐き、額の汗を腕でぬぐう。

「あぁ、はぁ、はぁ、カンゴ、くん……まだ、硬いのね」

桐枝は朦朧《もうろう》とした顔で逸物を見つめていた。

豪の海綿体は硬いどころかいまだに最硬度を保っている。

「まだまだヤれますよ、桐枝さん」

「お店じゃ、これ以上は、だめ……」

未亡人はかぶりを振りながら、肉欲に濡れた瞳で言った。

「家に、きて」

桐枝の家は近くのマンションの三階にある。

玄関にあがるなり、豪は桐枝の腕を引いて自分の股間を触らせた。

「さっき射精したのがちょっと残ってるから、吸い出して」

「え、吸い出す、って……」

「フェラして」

強気はまだ継続している。一度の射精で若い欲望が収まるはずもないし、ここまでの道なりでずっと勃起していた。桐枝もそれを見て何度も生唾を飲んだ。

「あまり経験はないんだけど……」

「してよ、ほら」

「あっ……うん、わかったわ」

強気で押されると桐枝は弱い。その場でしゃがみこんで、豪の股間に顔を寄せる。すでに逸物はズボンから取り出されていた。

愛液と精液にまみれ、先端から白い糸を垂らす醜い肉棒。

桐枝は鼻先に突きつけられたそれを、愛しい恋人のように見つめる。

「しゃぶれ、桐枝」

「……はい」

命令されてどこか嬉しげに、桐枝はペニスをくわえた。

口内は唾液をたっぷり含んでいる。だが、舌は戸惑いがちに左右するばかり。

技術はつたないが、それ以上の価値が彼女のフェラチオにはある。

いつもの桐枝は喫茶店のカウンターの向こうで朗らかに笑っている。なのにいまは、ペニスをくわえたことで顔立ちが壊れていた。鼻の下が伸びた淫靡な形を上から見下ろす体勢も、男の支配欲をくすぐった。

「十歳以上も年下のガキに、ち×ぽしゃぶらされる気分はどう？」

「はふかひぃれしゅ……」

「なに言ってるのかわからないな。ほら、吸って」

言われるままに桐枝は吸った。

ちゅぽ、ちゅぼ、と控えめな水音にほほえましさを感じる。これまで交わった女たちとは大違いだ。

「唇を締めて、空気が漏れないようにして」

「ふぁい……んちゅ」

「そう、そのまま吸ってみて」

「んっ……ぢゅるッ」

唇を締めたことで口内が真空になり、桐枝の頬が削げる。とびきり淫らなフェラ顔だ。

しかも尿道に残っていた精液がすさまじい勢いで吸い取られていく。

「おお、気持ちぃい……！」

豪は桐枝の頭を撫でまわした。髪が乱れるとますます色気が増す。

もっともっと彼女を抱きたいと思った。


寝室に入ると即座に桐枝をベッドに押し倒した。

まずは正常位。

ソファと違って無理のない体勢なので、桐枝はいくぶん余裕のある様子だった。

「あはぁああッ、太ぉい……！　おち×ぽ大きすぎるぅ……！」

「桐枝はおっぱいが大きいよね」

豪は乳房を揉みあげ、乳首をしゃぶりながら腰を振った。できるだけ下品な音が鳴るように唾液をたっぷりまぶして口を使う。

未亡人が女の悦びに痙攣するのはすぐのことだった。

「はへっ、ぉひぃいいいいぃいぃいッ」

ひどく歪んだ嬌声が耳に心地よい。低めの喘ぎは喉を痛めそうな発声である。平素は涼やかなほどに滑舌が良いからこそ、艶めくようなギャップがあった。

彼女のイキ震えを目と男根で愉しんだら体位を変える。

四つん這いにさせて後ろから突いた。

「あっ、こんなっ、こんなはしたない格好、いけないぃッ……！」

口では嫌がっても秘壺はしとどに濡れていた。

「レイプみたいな格好でパコパコされるの好きなんでしょ？」

「そ、そんなこと……！」

「あるでしょ、ほら！　こうやってパンパンすると気持ちいいくせに！」

「ぉヘッ、あひッ、はへぇぇえええぇぇえッ！」

案の定、激しく突くほど桐枝のよがりようは激しくなった。たわわな乳房は出し入れに応じて前後に揺れる。腋の横からその様が覗《のぞ》けるほどの大玉だった。

胸はもちろん尻肉も豊かなので、突く際に下腹をみっちり受け止めてもらえる。男にとってこれほど犯し甲斐のある体はない。

「桐枝は若いち×ぽで犯されるの、大好きなんだね」

「んんッ、んんぅううッ」

口をつぐんで誤魔化そうとしているが、無駄な努力である。

豪は後ろから彼女の口に指をねじこんだ。舌を指でいじりまわすと、向こうから舌を絡めてくる。

「あぇぇッ、らめぇ、カンゴくぅん、ひどいことしないれぇ……！」

「酷いことしてほしくて家に誘ったくせに。後ろから子宮潰されるのとか絶対に好きでしょ？　ほらほら、こういうの、ほらッ！」

腰を思いきりつかみ、引き寄せ、腰を叩きつける。テンポよく連打すれば桐枝が髪を振り乱して感悦する。それを見て、ますます豪が猛《たけ》り狂う。

そして桐枝がまた絶頂に達した。

「おンッ、ぉおおッ、おへぇぇぇぇぇぇぇぇぇぇぇッ」

高らかに吠えながら、豪の指をしゃぶりまわす。れろれろ、ぢゅばぢゅぱ、とフェラチオでもするかのように。ヨダレが大量にあふれ出すのは、自分を犯す男が愛しくてたまらないからだろう。

そんな態度を取られては、豪もますます止まれない。

「まだだ、もっとだ……！　もっともっと抱くんだ……！」

後ろから彼女の胸をつかみ、ぐっと抱きあげる。膝立ちで後ろから突くと敏感なGスポットから子宮口までを狙いやすい。ほんの十回ほどピストンしただけで、桐枝の総身は絶頂の痙攣に包まれた。

「はあぁぁッ、あひっ、あへッ、またイクまたイクッ、イグぅううぅッ！」

「こんなにイキやすいのに長いあいだセックスしなかったなんて……！　俺に抱かれるためにおま×こ温存してたんだな……！」

「ち、違うっ、そんなこと、おひッ、ひぃいいッ」

後ろから抱きしめたままごろりと横になる。横臥《おうが》の体勢で乳房を揉みしだきながら、パンパンと腰を打ちつけた。もちろん桐枝は簡単に達してしまう。

「んぉおッ、あはぁあああッ……！」

「くっ、ふぅ、うう、なんて締めつけだ……！」

ミミズ千匹の蠢動を、豪も歯がみしつつ堪《こら》える。

そうしてまた体位が変わった。

今度はストレートに正常位。とろとろにふやけた桐枝の顔を見下ろせる体勢。腰も遣いやすくて、あっという間に快感が高まっていく。

「ひんッ、ひんッ、あひぃいッ……！　豪くんっ、ああっ、豪くぅんッ」

「はぁ、はぁ、また、出るッ……！」

気分の昂揚には天井がないが、海綿体の感度には限界がある。炭酸の弾けるような快感が、染みついて離れなくなっていた。

「んあッ、あーッ、あぁ、また出すのね……！　ものすごい濃い精液……！」

「出すッ、たくさん汚してやるッ……！」

豪は肉壺をひたすら虐めながら、引き抜くタイミングを測っていた。

桐枝が顔を背けてぽつりと呟くまでは。

「……今日は、安全な日です」

意味を問い返すまでもなかった。

頭のなかが本能一色になり、逸物が熱感を放出するだけの器官となる。

「うぐッ、桐枝、桐枝ッ！」

「んあああッ、ぉひぃいいぃいいいッ、カンゴくぅんッ……！」

とっさに抱きしめた。肉付いた熟女の体を全力で捕まえ、逃がさないようロックした。男根を根元までぎっちり押しこんで射精する。

ぶりゅりゅッ、びゅううぅーッ、と噴き出す音が聞こえたかもしれない。

（ああ、俺、桐枝さんの中で射精してる……！）

豪にとっては感動的なまでの射精だった。いままで積み重ねてきた想いをすべて叩きつけた気分である。

しかもミミズ千匹の襞肉が蠢きながらペニスを愛撫してくれる。いくらでも出していいと甘やかすかのようだ。

「ぁあああああッ……！　こんなにいっぱい、はじめてぇ……あんッ！」

肉汁の槍は最奥を貫いて子宮を満たし、一瞬で逆流した。ぶぱ、ぶぱ、と大量の白濁があふれだしてベッドを汚す。

「はぁ、はぁ、桐枝、さん……！」

あくどいテンションまで尿道から出ていった気がする。

いまはただいとおしくて、抱きしめた彼女の唇に口を寄せた。

「あ……っ」

そ、と口のまえに手の平が差し挟まれた。

明確な拒絶だった。

豪は落胆するとともに、不思議な安堵《あんど》を覚えてしまう。
（桐枝さんがそんなに簡単に堕ちるわけがない）
最後の貞節を守ろうとする気高さに、ますますのめりこむ心持ちだった。

第五章　欲情の解放

近ごろパソコン教室が盛況だった。

還暦すぎの老人が多かった教室に、比較的若めの女性が増えている。

「先生、ちょっといいかしら」

流し目をくれる主婦のもとにゆくと、スマホを指で示された。

「このページなんですけど……」

表示されているのは個人ブログだった。

タイトルは「浮気妻のパコパコ日記」と下品な欲望丸出しである。

「私もこんなふうになれないでしょうか」

主婦は手を握ってきた。

「あの、ええと……」

困惑する豪のまえで、主婦はスマホを操作した。

表示されたのは一枚の画像。

豪がヨガ教室で久留美と交わっている場面だった。

（またか……！）

近ごろ近隣の主婦たちのあいだに広まっている隠し撮り写真である。だれが撮ったのかはわからないが、すでに何度となく脅しに使われている。

最初は蒼白になって震えるばかりの豪であったが、さすがに多少は慣れてきている。

「こんなふうになれませんか？」

「……はい」

しおらしくうなずきながらも、腹の底でふつふつと沸き立つものがあった。

ラブホテルに入るなり、主婦は抱きついて舌を絡めてきた。

「んっちゅ、ぢゅぱぢゅぱッ、あぁんッ、はやくぅ、はやくセックスしましょうよぉ、先生ぇ……もうアソコぐちゅぐちゅなんですぅ」

年のころは三十代中盤。性欲が上り坂に入る頃合いだ。

「旦那さんとはうまくいってないんですか？」

「あのひと年上だから、勃《た》ちが悪くなってきてるの……先生みたいに若くて元気なおち×ぽでパコパコされたいのよぉ」

近ごろこういう手合いが増えた。

欲求不満の発散相手として豪が狙われているのだ。

(俺のことを、なんだと思ってるんだろう……)

主婦の放埒《ほうらつ》さに呆れてしまう。

ただ、若くて性欲盛んなことには自信もある。ほとんど無理やり人妻たちの手で育て上げられてしまったのだが。

「わかりました。じゃあ、そこに手をついてお尻を突きだして」

「え、ベッドじゃないの？」

「はやくハメてほしいんでしょう？」

「うふふ……そうね、はやくハメハメしましょ」

強引に押したほうが女性に悦ばれることは多い。すくなくともラブホテルに入った時点でヤル気は満々なのだから。

後ろを向いた人妻を豪はためらいなく貫いた。


幸か不幸か、豪の評判を知る者は人妻に留まらない。

大学でも興味深そうに語りかけてくる者がいた。

「姉さんから聞いたんだけど……菅くんってスッゴいんでしょ？」

派手な服装で遊びなれた女子だった。

あれよあれよと言う間に、ひとけのない教室に連れこまれると、そのまま互いの局部だけを露出してセックスをした。

「あっ、うそッ、ほんとにスッゴ……！　彼氏よりデッカいし、腰遣いエッグいッ、あんっ、あーっ、イクイクッ、マジすぐイクッ」

簡単に絶頂させて一安心。


かと思えば後日、遊びなれた女子がべつの女子を連れてきた。

正反対の地味な服装で大人しめの、少女らしさの漂《ただよ》う若々しい娘である。

「この子、まだ処女なの。開通してあげてよ」

「お、お願いします、菅先輩……！」

ぺこりと頭を下げられて、豪も覚悟を決めた。

彼女をラブホテルに連れて行き、たっぷり愛撫をして慣らしたあと、ゆっくりと挿入して処女を散らした。痛みはほぼなく、五分もすれば熟女たちと変わらぬよがりようを見せた。

「あんあんあんッ、気持ちいいっ、すごいッ！　菅先輩、好きっ、好きになっちゃうっ、もっといっぱい菅先輩としたいッ……！」

「彼氏とかいないの？」

「いるけど、別れるぅ……！　菅先輩がいいぃッ……！」

「悪い子だ！　彼氏は大事にしようね！」

ピルを飲んでいるというので、お尻を叩きながら中出しした。

申し訳ないので、彼氏が自分以上の性技と精力を持っていることを祈った。

豪はすっかり乱れた性の中心にいた。

相手も年下の娘から年長の人妻まで、枚挙にいとまはない。

多くは一度や二度で関係が終わった。口で言うほど体の関係にハマりこむには、現代社会は複雑で個々人の抱える事情が多すぎるのだ。

結局のところ、長続きするのは最初期の四人だけだった。


「いやあ、菅さん、えらいことになってるね、あははははっ」

白鳥久留美は腹を抱えて笑った。北欧系まじりの美貌がだらしないぐらい崩れている。よほど楽しいらしい。

場所は豪の家。やや古びた1Kのアパートである。

「笑い事じゃありませんよ……あのとき久留美さんとしてたの隠し撮りされて、いろんなひとに広まったんですから」

「私なら気にしないけど、豪さんは根がまじめだもんねぇ。でもいまのヤリまくり状態は以前の私みたいでちょっと笑っちゃう」

「笑わないでくださいって……」

豪が嘆息すれば、呼気が久留美の細い首筋にかかる。

ふたりの距離はゼロだった。

「でもいまだって私とパコっちゃってるじゃん」

ふたりは横臥し、豪が久留美を後ろから抱きしめる形で交わっていた。両手を使って乳首や陰核をいじりながらも、焦《あせ》らずゆったり腰を遣う。雑談しながらのセックスという、ムードに欠けるが落ち着いたセックスだった。

「まあさ、豪さんは急にセックスしまくって実感ないかもだけど、才能は本当にあると思うよ？　ただ焦らないように、私とこうしてテクの再確認もしといたほうがいいんじゃないかなぁ？　桐枝先輩オトすためにもね」

桐枝の話題を出されると豪も弱い。

（あれからなにもないからなぁ）

はじめて交わった日以降、桐枝との関係に変化はなかった。

喫茶店に行けば何事もなかったかのように接してくれる。朗らかな笑顔は以前と変わりないし、食事のサービスで青汁やデザートを付けてくれる。

だが、夜の関係を結ぶことは、とくになかった。

あの日、最後にやんわりと拒否された流れのまま、一線を引かれている感じだ。

「ほーら、腰止めんな。パコパコしろ、おらっ、菅豪っ」

変わらないと言えば久留美も変わらない。セックスがあまりに口常すぎて、恋人以外と交わろうが関係ないのだろう。

それはそれで腹が立つ。

おまえとのセックスなんてその程度だと言われている気がした。

「……じゃあ本気出します」

「来なよ、今日まだイッてないんだから」

豪は腰振りの角度を変えた。

ただ奥を突くのでなく、腹側の膣壁を突き、そのまま最奥へとこすり抜ける。ざらつくGスポットから子宮口へのスライドだ。さらに陰核を指の腹でこするのもリズムをあわせて実行。

「あっ、おッ、それいいッ、いいじゃんカンゴっ、あー気持ちいいっ」

久留美は悦びながらも余裕たっぷりだ。

単純なテクニックではまだ追いつけそうにない。

（なら、こういうのはどうだろう）

豪は腰と手を止めず、唇で耳をさすった。

「彼氏さんは久留美さんの浮気をぜんぶ承知なんだよね？」

「んっ、あんっ、そうだね、ぜんぶ知ってるよっ」

「じゃあ、こういうことしても大丈夫かな」

豪が手に取ったのはスマートフォンだった。自身のものでなく、久留美のものだ。さいわい電源がつけっぱなしだったので、好き勝手に操作する。

カメラ起動。動画の録画モードに。

「浮気中の映像、ちゃんと記録して見せてあげようよ」

彼女の顔が映るように腕を前方にまわしてスマホを構える。

「え、それは……んっ、んんッ、本気？」

久留美の膣内がざわついた。

襞肉が粒立つようにしてペニスに噛みついてくる。

あきらかに反応がいままでと違っていた。

「彼氏さんもそういうの好きなんじゃないの？　自慢の恋人がほかの男によがらされてアヘりまくってる動画とか」

「あー、それはけっこう、んっ、へこむけど興奮しちゃうかも……あんッ、えっ、もう撮ってるの？」

「撮ってるよ。終わったらちゃんと送ろうね」

「それは、あんっ、これはなかなか鬼畜だね、んんんッ、はあぁッ」

股ぐらの水音がボリュームをあげていく。肉蜜が量を増していた。滑りやすくなって豪の腰遣いも加速する。

パンパン、ばちゅばちゅ、と鳴り響く音も動画に取り込まれているだろう。

「ああぁ、やばッ、これ本気で感じちゃう……！　ハメ撮りとか、いまの彼氏と付きあってからぜんぜんしたことなかったから……あぁんッ！」

撮影以外はさきほどまでと変わっていない。Gスポットと子宮口を責め、クリトリスをいじめる。なのに反応がすべて数段階激しく卑猥になっていた。

「彼氏さん、見てます？　恋人さん美味しく食べさせてもらってますよ」

わざわざ言葉で彼氏を煽《あお》れば、久留美の締まりがよくなった。

「きれいですよね、このひと。スタイルすごくいいし、かっこいい美人って感じで。間男のち×ぽねじこまれてアヘっちゃう淫乱とは思えないぐらい」

「んっ、ああぁッ、ほんと急に強気……あへぇぇぇッ」

クリトリスを強めに潰せば久留美の全身が跳ねた。

思ったよりもはやく限界が近づいているらしい。

「おたくの淫乱女、このままパコッて中出ししますから。俺の精液垂れ流したままそっち返すけど、俺とおなじぐらい悦ばせることできます？　できなかったらごめんなさいね。久留美のま×こ、もう俺のち×ぽの形になってるだろうなぁ」

「い、言いすぎっ、このっ、あんッ、あひぃいいいいッ……！」

痙攣しはじめた肉壺に、豪はトドメの一撃をくれてやった。

「あはぁぁあああああぁぁああああーッ！」

スマホのまえでオルガスムスに達する久留美。美しい恋人の痴態に彼氏はなにを思うのだろう――豪は罪悪感と優越感に包まれて精を放った。

ちなみに、その直後のことだが。

「……あれ、動画ないんだけど、さっきのウソだったの？」

久留美はスマホを確認して落胆の表情を見せた。

「いや、さすがに本気でそういう動画を恋人さんに見せるのはちょっと……」

「まだ一歩押しが足りないよね、菅さんは」

呆れた様子の久留美にデコピンをされて、豪は額を押さえた。


久留美だけでなく、豪の家に女性が訪れる例が増えていた。

その日は茅場朝子が鍋を持って訪れた。

「肉じゃがを作りすぎたので」

「え、わざわざここまで？」

「近いでしょ、うちの家」

朝子は鍋をコンロに置いて温めだした。

時刻は昼。ちょうど空きっ腹になる頃合いだった。

想定外だったのは食卓に朝子まで座ったことだ。

「さ、いただきましょう」

「え、あ、はい」

朝子手製の肉じゃがは素朴ながら味が奥深く、箸がどんどん進んだ。米は昨夜炊いたものが炊飯器にちょうど二人分残っていた。袋ラーメンなどで済ませがちな普段の昼食にくらべると段違いに充実している。

「ふう、ごちそうさまでした」

「はい、おそまつさまでした。さて」

「さて?」

「先生、しましょうか」

することになった。

朝子が上になり、スカートをまくりあげて豪の股を尻で押し潰す。おたがい下着は脱ぎ、性器が剝き出しだが、挿入には至っていない。竿の先端ではなく中ほどが陰唇に食いこんでいる。

「んっ、ふぅ、先生のやっぱり熱いわぁ……!」

「朝子さんのも、すごく濡れてて気持ちいい……!」

濡れそぼった紅溝がはむはむと肉茎を甘嚙みしていた。

加えて、彼女が豪に尻を向けているのも良い。あらためて見てみると、朝子は尻の肉付きがずば抜けて良い。たっぷり肉付いてボリュームがあり、重みがそのまま肉棒にのしかかっている。

「ああ、また私、浮気してしまうんですね……」

自分から押し倒しておいて図々しいセリフだが、あえて豪は乗った。

「食後のデザートに若いち×ぽを食べたいんでしょう？」

豪が腰をすこし浮かせれば、朝子が肉尻の角度を調整する。

亀頭がずぶりと刺さった。

尻が重量のまま降りてきて、ずぶ、ずぶ、と逸物を飲みこんでいく。

「あふっ、ああっ、やあぁああッ……！　熱いっ、若くて熱いぃ……！」

「朝子さんこそ中が熱々に火照《ほて》ってますよ。浮気で興奮してる？」

「はああぁ、それは、それはぁ……」

いまさら貞淑ぶる朝子に苦笑しつつも、豪は期待に添ってみた。

「はっきり言ってよ、ほらッ」

下から思いきり突きあげる。

「おぐッ、あぁあああッ、浮気っ、浮気ですっごく興奮してるぅッ」

朝子は喜悦に身震いしたかと思えば、弾かれた勢いで腰を振りだした。激しい前後動で豊かな肉塊が眼前に迫る。

大迫力の肉振り子はペニスにとっても暴力的な快楽装置だった。

肉の重みが肉棒への負荷となり、痺れるような喜悦が絶え間なく襲ってくる。

「くっ、ううッ、浮気女のケツ振り効くッ……！」

「ああんッ、だって、だってぇ、仕方ないのぉ……！　このおち×ぽが大きくて、すっごく気持ちいいんですものぉ……！」

「旦那さんを裏切ってエロい声あげるぐらい気持ちいいのか！」

豪は魅惑の尻肉を平手で打った。

「あひんッ！　いいッ、気持ちいいですぅッ！」

美里ほどのMでなくとも、熟女には大きな尻を叩かれて悦ぶ者が多い。衝撃が分厚い肉で濾過《ろか》され、膣に届くころには快感に変わっていく。

だから何度も叩いて悦ばせるのだ。

「そらっ、そらっ、旦那さんのより間男のち×ぽのほうがいいのかッ！」

「いいッ、ごめんなさいッ、浮気大好きでごめんなさいぃッ！」

「謝ってるくせに中に出してほしいのかッ！」

ゴムはつけていない。生の粘膜と粘膜がこすれあい、直接的な愉悦を生み出している。朝子のほうがなにもつけずに押し倒してきたのだ。彼女は決まって美里から調達した避妊薬を服用して浮気に耽《ふけ》る。

「中ぁ、中に精液出されるの好きなのぉ……！」

言われるまでもなくわかりきっていた。

生のほうが気持ちいいし、中に出されると興奮する。刹那《せつな》的な欲望を貪り喰らう人妻の業を朝子は背負っている。

「じゃあ出すぞッ、搾りとれッ！」

「あぁああッ、アナタぁ、ごめんなさいぃぃいッ！」

歓喜する朝子の膣内に特濃ミルクを注いでやった。

ふと思う。

桐枝をもっとうまく責めれば、朝子のように乱れるのだろうか？

「豪さんは女をいじめて悦ばせる才能があります」

名誉なのか不名誉なのかわからない褒め言葉を言われた。

薬師寺美里は仕事を終えると豪の家で食事を取った。スーパーで彼女が買ってきた惣菜をオカズに、豪の炊いた白米を主食に。

そして食後、名誉と不名誉の狭間に豪を突き落としたのである。

「そうなんですかね……？　俺、気弱なんだけど……」

「人付き合いに慣れていないだけで、スイッチが入るとすごいでしょう。それに慣れてきたせいか、最近とみに女をいじめがちではないですか？」

「それは、たしかに……」

憧れていた桐枝に対してすら相当ひどい責め方をしてしまった。これが才能だとしたら喜んでいいのか悪いのか、やはりわからない。

だが、それ以上にわからないことがある。

「薬師寺さん、さっきから気になってたんですけど……」

「はい？」

「なんで、その、セーラー服を着てるんですか？」

美里は食前、トイレに入ったとき、なぜかセーラー服を着て出てきたのだ。

若々しい外見にはよく似合うが、唐突すぎて理解できない。

「未成年に手を出すのは犯罪でしょう？」

「はあ」

「合法的に性犯罪を愉しめると思えばお得ではありませんか？」

言ってることはめちゃくちゃだが、たしかに正直、興奮する。背徳感はいつだって欲望を駆り立てるものだ。

「試しに私がこうしたら、どうしますか？」

美里はその場で仰向けになった。

小柄で愛らしい顔の、セーラー服を着た、可憐な少女。

豪は固唾を呑み、膝で彼女に近寄った。

「……美里」

「はい」

唇に触れてみた。ほんのり桜色で艶があり、触れるとぷるぷるしている。制服のせいで本物の十代にしか見えない。

「美里は、いじめられたいの？」

「豪さんがしたいなら、なんでもどうぞ」

唇をめくれば、歯が健康的に白い。ブラッシングをしっかりしているだけだろうが、それすら少女の純真さを象徴しているように見えた。

「なら……するよ」

豪はズボンから逸物を取り出し、彼女の顔に近づけた。

頰に押しつける。柔らかですべすべして気持ちがいい。擦りつけてもなめらかな触感が亀頭に甘美な悦感をもたらす。

ねとぉ……と、鈴口から透明な腺液が漏れ出し、美里の童顔を汚した。

「きたない……」

美里は表情も変えずに言う。

思春期の少女特有の潔癖さに見えて、目はすでに潤んでいた。

生意気な態度だと思った途端、豪のなかでスイッチが入る。

「汚いち×ぽできれいなお顔をいじめられる気分はどう？」

肉棒をふるって美里の顔を叩いた。右頰と左頰はおろか額や目元、鼻までも、腺液をなすりつけながら。

「……気持ち悪い」

などと言いながら、美里の呼吸は乱れはじめていた。頰もほの赤い。

「じゃあもっと気持ち悪いことしてあげるよ」

豪は美里の顔をまたぎ、真上から逸物を突き下ろしていく。狙いは生意気な口。唇を割って、歯に当たると、あっさり上下に開かれた。

出迎えるように舌が絡みつくが、お構いなしに降下しつづける。

「あっ、ぉふ……ん、おっ」

亀頭は口腔を侵して、さらに奥——コリッと硬い喉に到達した。

「おぐッ、ふぅ、ふぐぅぅ、はふ、はふ」

美里はえづかない。喉に異物を感じながら息を乱すばかりだ。

口内には唾液がたっぷり湧き出してくる。

「すごい口ま×こだね。犯すよ？」

豪は容赦なく上下に腰を遣った。

じゅっぽ、ぢゅっぽ、と小気味よく水音が鳴る。

「おっご、ほぶっ、んぼっ、はぶッ」

美里はひどく醜い喉音を鳴らしていた。

清純な女子校生が鳴らしていい音ではない。

未成年が口を性器がわりに犯されるなどあってはならない。

「喉レイプ、まだまだここからが本番だからね」

突き降ろしは刻々と速度をあげていく。

舌、口蓋、喉と、硬軟入り交じった感触が男根を襲う。とくに舌は膣内ではありえない自発的な動きで海綿体に刺激を与えた。

「あー、気持ちいいっ。美里ちゃんの未成年口ま×こ最高……！」

豪はあえて下劣な言い回しで気分を盛りあげた。自分だけでなく、美里も興奮することはわかっていた。

くちゅ、ぐちゅ、とどこからか水音がする。

確かめるまでもなく、美里が股をいじっている音だ。

「この淫乱女子校生めッ……！　かわいいお口を犯されてオナニーするなんて、なんのために学校通ってるんだ！　悪ガキめっ、メスガキめっ！」

「んごッ、あぐっ、ぉおおおッ……！」

激化したピストンはもはや喉越しに部屋の畳を突くようなものだった。

美里にとっては苦痛もあるし、息苦しくもあるだろう。顔は耳まで真っ赤になり、口の端からは泡立った唾液があふれ、鼻水すら垂れ流しである。

愛らしい相貌がそこまで崩れているのに、なお秘処の水音はやまない。むしろ喉レイプに負けじと激しくかき鳴らされていた。

「どうだっ、どうだッ、美里ッ、喉レイプでイけッ、イッちまえ！」

「ぉほぉおおおぉぉおおおおッ！」

うねるような快感がふたりを同時につんざく。

豪は喉から食道へと、直接的にギトギトの精液を注ぎこんだ。

美里は背を反らして腰を持ちあげ、畳に潮をぶちまけた。

体液を飛ばしあって恍惚とする。たがいに好き勝手に絶頂を味わう時間だった。暴力的であろうとも合意のうえであるからこそ愉しめる時間だった。

(桐枝さんもこれぐらい被虐趣味があるのかな？)

妙な考えをすると、股間がまた猛った。

「……では次は、私からおま×こ奉仕をいたします」

美里は艶っぽい笑みを浮かべ、湿りきった股を開いた。

そういった、ほかの人妻からのアプローチはともかくとして。

突然桐枝が自宅に訪れると、さすがに豪も驚いた。

「カンゴくん、すこしいいかしら」

「は、はい、もちろんです、どうぞあがってください」

負い目もあるので恐縮しながら彼女を迎え入れた。

リビングに座布団を出し、お茶まで用意して向きあう。

すると桐枝は折り目正しく正座をしてきた。深く、頭を下げる。

「カンゴくん……先日のことはごめんなさい」

「そんな、頭をあげてください。謝らないといけないのは俺のほうですし」

いきなり下手《したて》に出られると、かえって恐縮してしまう。冷静になって自分がやったことを考えると、とんでもない外道としか思えない。

桐枝の頭は下がったままだ。

「あのときは私に隙があったんだと思います。いえ、この言い方は卑怯《ひきょう》ですね。私自身、欲求不満を持てあましていて……年長者が諫《いさ》めるべきところで、つい体を開いてしまいました。そのせいで、カンゴくんにもあんなことをさせてしまって……」

「そもそも俺が……」

間違っていた、という言葉は声に出せなかった。

あの日の体験について言い訳をしたくない。

自分の意志で桐枝と結ばれ、我が物とした――そんな達成感がいまも胸の奥で息づいている。男としての自信を支える信念めいたものだ。

その信念が豪を突き動かした。

「桐枝さん」

彼女の肩をつかみ、上を向かせる。

今日の服装は胸元の開いたカットソーで、肉の谷間が覗けている。あらためて見ると生唾を飲みたくなる深い渓谷だった。

「桐枝さんは悪くありませんよ。悪いのは俺です」

「ですが……」

「いまだって、すごく悪いことを考えてますから」

間違いとは言わないが、悪いことだとは思う。桐枝に悪いことをすると考えただけで、痛いほどに胸が高鳴った。

肩を抱き寄せざま後ろにまわり、腋《わき》からまわした手で両乳房をつかむ。

「ほら、また俺、悪いことしちゃった」

「あぁッ、だめぇ……！　カンゴくん、またこんな酷いことを……！」

「そうだよ、俺が酷いことをしてるんだ。桐枝さんじゃない。こうやって乳首カリカリするのも俺だよ？」

爪で乳首を引っかく。定番の責めで桐枝はあっさり背を震わせた。

「あっ、また、あぁっ……！　いけない、ダメ……！」

「でもやっぱり桐枝さんも悪いかも。こんな谷間を見せつけるような服を着て」

「こ、これは、すこし暑かったから……」

「あったかくなってきましたからね。乳首なんてアツアツでしょ？」

「ぁあああッ、はぁあああああぁッ……！」

尖りだした胸先をきゅっとひねれば、桐枝はガクンッと顎を跳ねあげた。

背筋が小刻みに震えている。あからさまな絶頂に豪は勝利を確信し、彼女の耳元でささやいた。

「今日もほんとうはパコられにきたんだろ？」

「違うの、カンゴくん……！　ほんとうにその気はなくて……！」

「その気はないのに、ちょっと乳首いじめられただけでイッちゃったんだ？」

桐枝は返事もできずに歯がみをするばかりだ。

「いいよね、しちゃっても」

「い、いけないわ、もうこれ以上は……！」

「でも俺、こんなに硬くなってる」

豪は桐枝の尻に股間を押しつけた。雄々しく屹立したものはすでにズボンから取り出している。その硬さと熱さはタイトスカート越しにも伝わっているはずだ。

ごくり、とツバを飲む音が聞こえた。

「また……硬くしてるのね」

「桐枝がエロすぎてガマンできない。ヤラせてよ、ねえ」

図々しい態度はそれが通じると思ったからだ。強引な男に迫られてモノにされてしまう展開に、桐枝はことのほか弱い。

抵抗の意志を示すも、濡れた半紙のように脆《もろ》いものだった。

「今日は……アソコを使うのは、やめてください」

「セックス以外ならなんでもしてくれる？」

「……カンゴくんが満足して、解放してくれるなら」

嫌々のように言いながら、後ろ手にペニスを握りしめてくる。硬さを確かめると上下にこすりだした。男根の威容に臆《おく》したかのように恐々《こわごわ》と。

「せっかくだから胸を使ってほしいな」

「む、胸……？」

「パイズリってやつ。おっぱいでち×ぽを挟んでしごく、桐枝みたいな巨乳女にしかできないことだよ。このデカパイなら簡単でしょ？」

乳肉を下からすくいあげて、小指から親指へ向けて流れるように揉みあげる。

「んんッ、あはあぁ……！　ほ、本当に、おっぱいを使えば、アソコは使わなくても許してくれるのね？」

「しっかりヌイてくれたらね」

「……わかりました」

ふたりは体勢を変えた。

豪は仁王立ちで逸物を突きだす。

桐枝は膝立ちで服をまくりあげ、たわわな柔肉を男根に突きつける。

汗ばんでほんのり赤らんだ乳膚が亀頭を挟んだ。

「ヨダレを垂らして滑りやすくして」

「はい……」

大きく開かれた唇から、軽く驚くほど多くのヨダレが垂れ落ちた。肉の狭間に落ちたものを、桐枝は乳房で揉みこむようにしてなじませていく。すでに挟まれていた亀頭もヨダレもろとも圧迫された。

「お、柔らかい……ほらもっと、もっとチ×ポ全体を気持ちよくして」

「はぁ……硬くて、熱い……」

桐枝は恍惚として肉棒に見入っている。豪の声は届いていないようだった。

乳間が男根を飲みこんでいく。

唾液まみれで皮膚が吸いつき、肉の厚みで押し潰す。

(ほ、ほんとに気持ちいい……！)

乳肉の量が多い分、圧迫感が奥深い。喜悦が海綿体から尿道まで染みこんでくる。

さらに双球が手業《てわざ》で激しく動きだすと摩擦感も高まった。

「ふぅ、んッ、んんッ、あぁ、はぁ……！」

愛撫する側の桐枝が心地よさげに声をあげている。肉棒を挟んで擦ろうと思えば自分で乳房を揉むことになるうえに、たびたび乳首が豪の股に擦れていた。あるいは、あえて乳首を擦りつけているのかもしれない。

「パイズリ気持ちいい？」

「私はべつに……」

「そう？　じゃあ気持ちよくしてあげるね」

豪は桐枝の突端を両手でつまんだ。軽く指で挟むだけで充分。彼女が乳房を揺らせば必然的に乳首も引っ張られる。痛がゆさもあるが、それ以上に痺れるほどの快楽が走って、熟女の体を焼きつくす。

「あっ、はうッ、んんんんッ！」

桐枝は思いきり乳肉を締めつけた。

ひしゃげた柔玉の中心で男根に甘い負荷がかかる。

「ぐっ、イクッ……！」

「私も、あぁぁ、また、またッ、ぁうぅぅううぅッ！」

ふたりは背を反らして同時に達した。

熱汁が乳間に満たされ、びゅるると上から飛び出す。勢いあまって桐枝の口元にへばりついた。それを彼女は朦朧《もうろう》とした顔で、ねろりとなめとる。

「ん、ぢゅる、ちゅるる……」

粘性が高くて途切れない。うどんのように太く長い汁糸が桐枝の唇に巻きこまれ、ぐちゅぐちゅと音を立てて咀嚼されて、

「んぐっ」

飲みこまれた。

「……桐枝、俺のザーメンそんなに好きなの？」

「え……？　あ、えっ、なんで……私、どうしてこんな」

真っ赤になって動揺する桐枝が可愛らしい。

自分の胸を見下ろし、粘液まみれの様を目撃して硬直するのも愛嬌だ。

（もっとこういう反応を見たい）

豪の逸物は萎えることなく天を衝いた。

「あ、ああ、まだぜんぜん元気……」

「やっぱり桐枝を抱かないと収まりが付かないかも」

「そんな、約束が違う……！」

ふたりの問答がまたはじまった、そのとき。

コンコン、と玄関ドアがノックされた。

「もしもし、菅さーん、いる？」

白鳥久留美の声に豪と桐枝は同時に凍りついた。


久留美はなかば強引に家にあがり込み、ふたりの情事に首を突っこんだ。

「うーわぁ桐枝先輩、濡れすぎじゃないですか」

四つん這いで桐枝を組み伏せ、自分の脚で桐枝の脚をこじ開ける姿勢だった。

桐枝のショーツはしっかり濡れている。秘処の割れ目に沿ってでなく、全面がぐっしょりと滴《したた》るほどにだ。

「しかも紫色でレース多めのエロい下着。ヤル気満々だったんじゃない？」

「ひ、ひどいわ、久留美ちゃん……！」

「いいじゃないですか、先輩。まだまだ女盛りって感じで」

あっけらかんと猥褻《わいせつ》な後輩に桐枝も押されっぱなしだった。

圧倒されているのは豪も変わらない。突然やってきて服を脱ぎだした久留美に唖然《あぜん》としたまま、状況を見守っていた。

「あの、久留美さん。その下着は……？」

「私も最初からヤル気だったしね。ほら、エロいでしょ？」

久留美が着ているのは、下着の役割を放棄した淫猥衣装だった。

バラのように赤い色のブラジャーとパンツだが、肝心な部分が隠れていない。乳首と陰部が丸出しなのである。彼女の卓抜したスタイルから芸術的な品性を奪い、下品な欲情の対象に貶めるような出で立ちだった。

ぬとぉ、と垂れ落ちる愛液を隠す素振りもない。

「ぶっちゃけ私は準備完了なんだけど、菅さんどうする？　どっちからハメる？」

久留美は自分の肩ごしに振り向くと、思わせぶりにウインクした。

彼女の言わんとするところが豪にはだいたいわかる。自分もずいぶんと好き者になったものだと内心すこし嘆いた。

「じゃあ、桐枝は嫌そうだから久留美から犯そうかな」

「え……」

「はーい、いらっしゃいませ」

元気に振れる形の良い尻を、豪はがっちりつかんで固定した。

下着から丸出しの秘裂に竿先を押しつけ、ねじこんでいく。

「あっはぁ、やっぱり菅さんのチ×ポは犯されてる感が違うなぁ……あんッ」

「久留美こそ、ま×こ動きすぎだよ」

相も変わらず久留美の膣内は壮絶にうごめく。油断すると枯れるまで搾りとられそうなので、肛門に力をこめて耐えた。

ゆっくりと動く。

入り口から最奥へ、最奥から入り口へ。

襞粒をひとつひとつ丹念に擦り潰すように。

「あはっ、んんーっ、モノが大きいとゆっくりでも効くぅ〜ッ……！」

「く、久留美ちゃん、そんなに……？」

「先輩も知ってるでしょ？　菅さんのモノが女泣かせの鬼畜棒だって」

桐枝は黙りこくって久留美を見つめた。

豪が出し入れするたび、少年のように凜々しくも明快な表情が崩れ、甘ったるくとろけていく。昔なじみだからこそ、知らない顔を見せられれば動揺もするのだろう。そこに秘められているのが自分も知る快楽ならなおのことだ。

――うらやましい。

言外の嫉妬に桐枝の腰尻がもぞもぞ動く。

「まだまだこんなもんじゃないよ？　本気で突くぞ、そらッ」

もっともっと嫉妬を煽るため、豪は腰遣いをテンポアップした。久留美相手ならただ速度をあげるだけでいい。彼女が勝手に角度を調整し、気持ちのいい場所に当たるようにしてくれる。

「んはッ、あんっ、あーッ、奥いいッ！　子宮口ガツガツ突かれるの好きッ、あっはぁあッ、やっぱりカンゴのち×ぽ病みつきになるぅ！」

わざわざ呼び捨てにしてきたのは彼女なりの煽りだろうか。

桐枝はなにも言わず、ただ目を泳がせて、ごくりと喉を鳴らしていた。

「あー最高ぉ……！　ねえ、桐枝先輩、いいですか？」

「……なにが、かしら」

「このまま濃い精子、私がもらっちゃっても」

あからさまに桐枝は息を呑む。

ここぞとばかりに久留美が腰をくねらせた。腰骨をたくみに上下させて、亀頭が最大の威力で子宮口に当たるように。

「んおッ、あぉッ、あーッ、はあぁあッ！　このまま、思いっきりズコバコしてもらって、いっちばん気持ちいいときに中出ししてもらうんですよ？」

「それは……どうして、私に聞くの？」

「後輩として先輩は立てないといけませんからねぇ」

殊勝なことを言いながら、久留美の膣肉は狂おしく締め付けてきていた。

（ほ、本気で搾りとる気だ、これ……！）

一瞬でも気を緩めればイッてしまう。あわよくば横取りしようというハイエナのような穴具合だ。桐枝が折れるか、このまま中出しするかの二択である。

豪としては桐枝に出したい。

彼女に性欲をぶつけたい気持ちがなにより強かった。

だからこそ、あえて煽るような言葉を口にする。

「あー、久留美のなか、気持ちよすぎるっ、もう出そう……！」

嘘は言ってない。さきほどからペニスが腫れあがっていまにも暴発しそうだ。

「カ、カンゴくん、ダメよ、中は……もし妊娠しちゃったら」

「平気ですよ先輩、ピル飲んでますから」

「それは私もだけど……あっ」

失言に気付いたのか、桐枝は口を押さえた。

すぐに顔全体を覆う。

歪んだ口から漏れ出すのは、嗚咽だった。

「うう、ふぅ、うぐぅぅう……」

耐えがたい羞恥にすすり泣く姿は哀れでもあり、不思議と愛らしかった。豪は後悔以上にたとえようのない昂揚感を覚えてしまう。

「あの、久留美さん、すいませんけど……」

「そうね、これはやりすぎちゃったかもだしね」

合意のもと、豪は久留美から逸物を引き抜いた。

久留美は抜き去られる瞬間の快感で「あおッ」と大きくひと鳴きし、絶頂に震えあがる。ヨガとセックスで鍛えた膣は自分好みのタイミングでイケるものらしい。そして絶頂に達しながらも、桐枝のショーツをつかんで引きずり下ろす。

「あ、いやっ……！」

「ほらほら、菅さんがハメやすいようにしないと」

濡れて引っかかるであろう下着をあっという間に脱がす。匠《たくみ》の技だ。

豪は塞《ふさ》ぐもののなくなった桐枝の秘処を遠慮なく貫いた。

「ぁああッ、んぁあああああーッ！」

たちまち桐枝は法悦にのけ反り狂った。煽られ溜めこまれた鬱憤《うっぷん》がひと突きで爆発したらしい。豊富な襞粒が肉竿に絡みついてくる。

「うぐっ、くうぅッ、桐枝さんのなか、すごすぎる……！」

全体の動きは久留美ほどではないが、やはり襞の数と大きさが段違いだ。絶頂の際は一粒一粒が独自の動きをしている感すらあった。限界に近い状態で耐えられたのは、これまでの女性経験あればこそだろう。

できれば、桐枝にも愉しんでほしい。

愛しいひとに気持ちよくなってほしい。

彼女の絶頂が収まるのを待って、豪は腰を遣った。

「あうッ、はああッ……！　カンゴくん、あんッ、カンゴくんっ、カンゴくんッ」

涙まじりの感悦顔が久留美の肩ごしに垣間見えた。幸せそうにとろけきって、いまにも二度目の法悦に達しそうだ。

速度をあげる。パンパンと音が鳴るほど突く。

「あんっ、あーッ、あんッ、あぁーッ、あぁああ……んひぃいいッ」

甘い喘ぎに突如として鋭い悲鳴じみた声が混じる。

「せっかくだからお手伝いしますよ、先輩」

久留美が桐枝の胸に舌を這わせていた。さきほどのパイズリでぶちまけた精をすすりながら、赤ん坊のように乳首をしゃぶり、なめ転がし、甘嚙みする。

「だ、だめッ、女同士でこんなッ、はひッ……！」

「いいじゃないですか、そんな細かいこと。それに思いっきり感じたほうが菅くんも絶対に喜びますから、ね？」

とんでもない言いぐさだが、久留美のレズ行為は効果覿面《てきめん》だった。桐枝の肌は赤みを増し、汗が浮かび、愛液は滝のように流れる。腰が浮いてきて、ペニスを迎え入れるような角度になっていた。

「気持ちいいんだね、桐枝……！　男と女にふたりがかりで気持ちよくされて、また
イッちゃいそうになってる……！」

「あああッ、いけないいッ、こんなセックス絶対にいけないぃ……ぁああんッ！」

「イッちゃってくださいよ、先輩、ほらほら」

久留美は片乳首を噛み、他方の乳首を指でつねった。

あまつさえ余った手を桐枝の股ぐらに這わせ、陰核をこすりだした。

「ぁあああぁッ、それ無理っ、無理ですッ、ゆるひてぇえッ」

桐枝の呂律がまわらなくなっていた。

それが狙い目だと豪は知っている。渾身の力をこめてピストン運動に耽り、何度も
何度も子宮を突きあげた。

「イクぞイクぞ、桐枝ッ、桐枝ッ、中出し受け止めろ桐枝ッ！」

「あひぃいッ、だめぇええぇえぇえッ……！」

熟妻の背が反り、肉付いた挿入が押しあげられた。

久留美が乳首と陰核をまとめて噛み、ねじり、押し潰す。

ゴチュッ、と亀頭が子宮を突き潰すのも同時。
「あへぇえぇええええぇえええぇえええぇええぇえええぇぇぇぇ――～ッ！」
歪みきった嬌声とともに桐枝は最高潮に達した。
ガトリングガンのように飛び出す精子が彼女の最奥を滅多打ちにする。
（また、桐枝さんを俺のものにできた……！）
豪にとっては至福の時間だった。
何時間もこのまま射精していたかった。
ただ、一抹《いちまつ》の不安もある。

本当にこのままでいいのだろうか？

第六章　四つの淫ら尻奉仕

入れ食い状態だった豪の女性関係は沈静化しつつあった。

隙あらば話しかけてくる主婦や若い女は激減し、落ち着く時間が増えた。

どうやら裏で朝子や美里、久留美が動いてくれたらしい。具体的にどうしたのかはわからないが、女の裏事情は時に男の想像をはるかに越える。

「ひさしぶりだな……ひとりで考えこむの」

豪は商店街から五分ほど歩いた川辺をぶらりと歩いていた。

流れる水面《みなも》が昼の日差しを受けて輝く。テレビやスマホを見るのと違って時間がゆっくり流れ、気分が落ち着いていく。

あらためて自分の行状を考えてみた。

人妻と不貞を働き、恋人のいる女を抱いた。

最終的に一度でも関係を持った相手は二十人を越えるのではないか。

「もしかして俺、かなり調子に乗ってたのかな」

まわりに流される意識はあったが、抗えなかったのは自分の弱さだ。

大勢にモテて増長し、火遊びを愉しむ気持ちまであった。

最初はひとりだけを見つめているつもりだったのに。

「……やっぱり、桐枝さんには酷いことしちゃったよな」

彼女も愉しんでいたとはいえ、強引でなかったとは言えない。

最近はすこしずつ喫茶店から足が遠のいていた。入れ食い状態で時間がなかったからだが、彼女に対する負い目のせいかもしれない。

このまま彼女に会わないという選択肢もある。

「でも、それは嫌だ」

強い気持ちでそう思った。

小石を拾って川に投げこみ、あらためて決意する。

「桐枝さんにちゃんと告白しよう！」

強気な言葉はまぎれもなく女性たちとの関係で培《つちか》われたものだった。

午後六時を過ぎて閉店間近の喫茶キリエに客の姿はなかった。

これ幸いと豪はカウンター席に座り、桐枝をじっと見つめる。

「はい、ご注文の特製ブレンドをどうぞ」

「どうも」

「ゆっくりしていってね、カンゴくん」

仕事中の桐枝は朗らかで愛嬌たっぷりだ。男に抱かれるときの淫靡な空気などひとかけも感じさせない。夜の関係が夢か幻のように思えてくる。

豪が最初に心惹かれたときの桐枝がそこにいた。

告白するならいましかない。

「桐枝さん」

「なにかしら。追加注文はいくらでも受け付けてるわよ?」

「俺、桐枝さんのこと……」

言いかけたとき、入り口のドアがベルを鳴らした。

「赤沢さん、閉店間際に失礼します」

「やはりいましたね、豪さん」

「先輩、菅さん、ちょうどよかった！　晩ご飯食べたらいっしょに行こっか？」

朝子と美里、久留美が連れだって入店する。

「いっしょに行くって、どこに……？」

豪がちらりと桐枝に視線を飛ばすと、偶然目が合った。

困惑を共有するふたりに、朝子がおっとりと言う。

「ラブホテルで夜を過ごしませんか？」

「は？」

同時に口を丸くするふたりに、今度は美里が静かに言う。

「最近ほかの女の相手が多くて、私たちとする頻度《ひんど》が下がっていたでしょう」

「いや、それは……」

竿目当ての女たちを追い払った理由はそれだったらしい。

最後に久留美があっけらかんと言う。

「桐枝先輩、菅さんに精がつくもの山盛り食べさせてね。四人を夜通しハメ倒してもらわないとダメだからね」

拒否権はなさそうだ。

(俺、やっぱりまだ流されるままの弱気な男なのかな……)

せっかくの覚悟が萎《しぼ》んでいく気がした。


ラブホテルの浴室は広かった。

五人が入ってもまだ余裕がある。

湯船から湯気が立ちのぼって、心なしか幻想的な眺めである。

白い湯気のなかにあって、なお女たちの体型の違いが見て取れた。

四人が身につけているのは水着である。しかも紐に多少の布地がついただけの、いわゆるマイクロビキニ。一目で身体バランスが見てとれた。

「やっぱり恥ずかしいです……あまり見ないで、先生」

茅場朝子は豊満だった。とりわけ尻腿の肉付きは法外なほどたっぷりしていて、否が応でも揉み心地を想像させる。もっと言えば、セックスの最中に男の股を受け止めるための肉付きだった。

「エロすぎです、朝子さん……」

「まあ……先生ったら、いけないひと……」

まんざらでもなさそうな朝子に豪の逸物はたぎった。

「私はみなさんにくらべると男性受けしにくいスタイルかもしれませんが……いかがでしょう、豪さん」

薬師寺美里は謙虚だが、短身で細身《ほそみ》の体型も充分すぎるほど魅力的だ。少女に卑猥な格好をさせているようで心地よい背徳感がある。豪は彼女を抱くとき、いつも未成年を相手にしているつもりで自分を高めている。

「肌、綺麗ですよね。やっぱり薬剤師だから？」

「健康に気をつけてはいます。触り心地もすべすべですよ？」

謙虚というより率直なのだろう。たしかに彼女の肌は十代にも負けないきめ細かさである。

「やっぱりみんなエロくて似合うね。菅さん、気に入ってくれた？」

仕掛け人の白鳥久留美は得意げに胸を張っている。ブラの補正なしでもバストが上向きになるのは、皮下脂肪を筋肉が吊りあげているからだろう。胸以外も引き締まっているうえに腰の位置が高い。日本人離れした体型だ。

「久留美さんって本当にスタイルいいですね……」

「まあね？　ヤリたくなった？　ハメたくなった？」

美里以上に率直すぎて下品の領域だった。そんな彼女がいてくれたから、桐枝のマイクロビキニという眼福《がんぷく》に恵まれたのだが――。

憧れのひとは半身になって自分を庇《かば》うように胸を腕で隠していた。

「み、見ないで……こんな水着、恥ずかしいわ……」

隠そうにも隠しきれないものがあった。

胸である。

たわわに過ぎて重力に屈した肉果実は腕で隠しきれない。マイクロビキニが食いこんでいるのも柔らかさを主張するようで艶めかしい。

本気の羞恥心もかえって色気を感じさせた。

「桐枝さん……」

豪はうまく言葉を紡げない。本当は今日、喫茶店で彼女に想いを打ち明けるつもりだったというのに。

（どうしよう……全員エロすぎて集中できない）

情けない話だが、目移りしてしまう。

全身がマシュマロのように柔らかそうで、浮気好きな淫乱人妻の朝子。

少女的で清純そうな印象のわりに、ドMな奉仕好きである美里。

スタイル抜群の美女なのに、根っからの淫乱でセックス中毒の久留美。

セックスの相手としては全員が極上と言っていい。

もちろん桐枝も極上だ。なにより巨乳の威力が高すぎる。シンプルに男を惹きつけるわいせつ物だった。普段の快活さが羞恥心に上書きされているのも良い。

——全員とヤリたい！

男の本能が叫び、逸物がたぎる。

「それじゃあ、今日はみんなで愉しみましょう！」

久留美の号令で女たちがにじり寄ってきた。

踏みとどまろうとした桐枝も、手を引かれて寄ってくる。

四人がかりの包囲網に豪は囚われた。

立ったまま全員が密着してくる。湯気で蒸して汗ばんだ肌が心地よい。

「はあぁ……若くてたくましい男のひとの体……」

朝子は最年長だけあって豪の若さにご執心だった。胸筋を撫でるばかりか、股を擦りつけるようにしていち早く快感を求めている。

「私が小さいせいもありますが、やはり大きいですね」

美里は豪の手を握ってきた。手の平の大きさも指の長さもまるで違う。サイズ差から力の差を感じ、被虐的な気分を高めているのだろう。

「お、もうガチ勃起してるねぇ。だれにハメたいのかな？」

久留美はいきなり逸物をしごきはじめた。率直にも程がある。それでいて握り方は柔らかく、汗とガマン汁を塗り伸ばすだけの焦《じ》らし具合だ。

（だれにハメたいなんて、そんなの決まってる）

豪の気持ちは決まっている——はずなのだが、女性に囲まれた状態でだれかひとりを指名するのは気が引けた。

しかもその相手は背後にいる。

背中に特上の双肉が押しつけられていた。押しつければ押しつけた分だけ脆《もろ》くひしゃげる柔らかさの塊。その感触だけで射精してしまいそうだ。

「ふぅ……ふぅ……カンゴ、くん……」

言葉すくなに吐息をかけてくるところもかえって艶っぽい。

いますぐ振り返って抱きしめ、唇を奪いたかった。

「じゃ、まずは景気づけにキスでもしよっか」

「えっ」

横から久留美に唇を奪われた。

いきなり噛みつくようなディープキスだった。舌で舌を絡めとりながら手淫でペニスを気持ちよくしてくる。口も手も男を翻弄する技術の粋が凝らされていた。

ねちゅり、と水音が耳に直接響いた。

美里がわざわざ背伸びをしてなめてきたのだ。

「じゃあ私もお邪魔するわね」

逆の耳にも水音が走る。朝子がねっとりと舌を這わせていた。

「うわ、耳っ、ちょっ……！」

唾液が音を立てると耳腔で反響し、鼓膜が強烈に刺激されてしまう。

美里は耳の形を舌先で確かめるようにゆっくり、着実に。

朝子は耳たぶをくわえ、じゅぱぢゅぱとしゃぶりだす。

久留美とのキス音も口内から頭蓋を反響して鼓膜に響いている。

三百六十度、世界中のすべてが淫らな粘着音に支配されていると思えた。

「ああ……みんな、すごい……」

ただひとり、桐枝だけが背後で圧倒されていた。

（なんだろう……なんだか、目の前で浮気してるような気分になる）

罪悪感がちくりと胸に刺さる。

あるいはこれが浮気しているときの人妻の気持ちなのだろうか？

そんな疑問は、一瞬で快楽に上書きされてしまう。

豪の乳首に朝子と美里の指がかかったのだ。

「あっ、そこは、ぐッ……」

「感じやすくてカワイイですよ、先生……」

「女の子みたいになってみますか、豪さん？」

甘い痺れが胸に走り、腰がカクカクと前後する。

「うぅ、くっ、あぁ……」

漏れ出る声は高めで、男の威厳など無に等しい。

「カンゴくん……こんな声も出るの……？」

桐枝は意外そうな声をあげた。思えば行為中に彼女に見せたのは強気な一面ばかりである。責められてよがることは一度もなかった。

「先生はとても感じやすいんですよ、赤沢さん」

「攻守が極端な方ですよ、豪さんは」

「そう、なの……？　てっきり責めっ気の塊みたいな子かと……」

困惑する桐枝のまえで豪はなおも責められ、感じ入った。

羞恥に悶えながらも人妻たちを止める気にはなれない。柔らかな肉感たちと密着して愛撫される悦びは豪の神経を虜にしつつあった。

「んじゃ、そろそろいただきまーす」

久留美が膝をつき、男根にかぶりついた。粘り気たっぷりにしゃぶり、浴室に卑猥な音を響かせる。

「まあ、白鳥さんずるい。私もいただきます」

朝子も膝をつき、竿肉に舌を伸ばす——と思わせて、すこし下に吸いついた。陰嚢《いんのう》である。

垂れ下がった袋を頬張り、やんわりと舌で転がしはじめた。

「うわッ、そ、そんなところまで……！」

「ふむ。では私もいつもとは違うところにご奉仕しましょう」

美里は豪と桐枝のあいだに割って入り、背後に膝をついた。口を寄せる場所は、あろうことか尻。肛門である。

ぬるり、と舌先が腸内に入ってくる。

「あッ、おぉ、それは、美里さんッ……！」

かつて味わったことのない刺激に腰から膝の力が抜けた。ともすれば崩れ落ちそうになるが、男の意地で踏ん張る。

とはいえ、陰茎にはおしゃぶり上手の久留美が吸いついている。

朝子の玉袋責めは精液を過剰生産させる作用がある。

そして直腸越しに前立腺をぐっぐっと押しこまれているのだ。

「あうっ、はぁあああッ……！　三人とも、待って、ちょっと待って……！」

豪の言葉に止まる者はひとりもいない。全員が豪を絶頂に導こうと口舌を駆使している。目論見《もくろみ》どおり海綿体は沸騰寸前だった。

「あ、あぁ、カンゴくん、こんなに震えて……だいじょうぶなの？」

桐枝は美里に押しのけられてから半歩退いたままだった。

「も、もう無理かも……！」

「そんなに気持ちいいの……？」

「誠に恥ずかしながら、あっ、これは、もう……！」

股間は爆発寸前で快楽電流を乱発していた。

口を半開きで悶える若者の姿に、桐枝はすこし位置を変え、半歩近づいた。

「これが気持ちいいんだったかしら……？」

胸板に桐枝の手が這い、人差し指の爪が、カリ、と乳首を引っかく。

予想外の攻撃に豪の忍耐力はあっさりと崩壊した。

「うぁああぁッ……！」

仰《の》け反《ぞ》った拍子に久留美の口からペニスが外れ、豪は全身を律動させて、絶頂の白い噴水を飛ばした。

浴室の壁まで届く男のエキスに、女たちが歓声をあげる。

「やっぱり先生のザーメンは元気がよくてステキねぇ……」

「こんな勢いで中に出されたら女はみんな堕ちますね」

「効くよねぇ、菅さんの中出し。桐枝先輩も好きでしょ、これ子宮で感じるの」

「え、ええ？　私は……なんていうか……きゃっ」

桐枝は三人に手を引かれて豪の正面に連れてこられた。

三人も豪の正面に移動し、顔を突きだして物欲しげに口を開いている。

ほんのり勢いが衰えた精が四人の顔と口を穢した。巻きこまれた桐枝も粘つきに襲われるたび、目が酩酊《めいてい》気味に潤んでいく。

「すごい……ヨーグルトみたいに濃い……」

「ですよね。もっと欲しくなっちゃいますよね……うふふ」

「顔が重たくなる感じ、男に蹂躙《じゅうりん》されてる気がして胸が弾みます」

「味もえぐいんだよねぇ。オスって感じ？」

四人それぞれの貪欲さをまえにして、豪は出しながら昂ぶった。

まだまだ行為ははじまったばかりだ。


浴室用のマットに四つの尻が並ぶ。

人妻三人と彼氏持ち一人、マイクロビキニで四つん這いだった。

茅場朝子の迫力満点たっぷりの熟尻。

薬師寺美里の手頃なサイズで愛らしい小尻。

白鳥久留美の肉量と形の良さを兼ね備えた美尻。

そして赤沢桐枝はもっちりと粘りのある肉尻だった。

それぞれにハメ心地を想起させる淫らなヒップばかりである。

「さあ、どれから味わってみる？」

たくみに腰をよじらせて誘いかけるのは久留美。ダンサブルな動きで尻肉を振り、それでもなお形が崩れないのは見事と言うほかない。

「じゃあちょっとお邪魔します」

「あはっ、やったぁ。パコパコ大歓迎だよ、あぁんッ」

豪は久留美のマイクロビキニを横にずらして挿入した。ハメ慣れた膣奥まで一気に貫通。肉道の激しいうねりで男根を揉みしだかれるのも慣れたもの——とは言いがたいが、いきなり誤射することなく順調に抽送できた。

「あーっ、そこ効くぅ……！　だいぶ上手くなったねぇ、菅さん？」

「おかげさまで……！」

それでもハメつづけるのは厳しい。

豪はいったん久留美から竿肉を引き抜き、次の標的を選んだ。

「あぁ、先生……私、もうガマンできません……！」

やはり目立つのは朝子。年増女の熟尻は左右の人妻を押しのけんばかりに丸々と太っている。セックスのためというより、尻を押し潰すために接触したら挿入していた、という感覚だった。

「あはぁあッ！　また先生に浮気させられましたぁ……！」

「自分が浮気セックス大好きなだけのくせに……！」

肉付きの豊かさは穴のなかも同様。肉厚な膣壁がペニスをぎゅっぎゅと締めつけてくるが、けっして窮屈《きゅうくつ》ではない。愛液も豊富なので動きやすい。大きな媚臀部を下腹でパンパンと打ち鳴らすための挿入感と思えた。

「ふぅ、ふぅ……よし、次！」

気持ちよく腰を振りながら海綿体が余裕を取り戻した。

引き抜いて狙う先は、朝子と並ぶと少女感が増す美里の小尻である。

「どうぞ、おま×こ奉仕させていただきます——あふんっ」

差し入れると、まず狭さが違う。強く搾りとるための締めつけである。それでいて美里の腰がねっとりと円を描く。久留美とは正反対に大人しい腰遣いだが、着実に肉棒の快感を倍増していく見事な動きだった。

「おっ、おぉ、ふぅ、これもまた、効くッ……！」

「はぁ、あんッ、だんだん充血して太くなってます……！　ぁああッ、アソコをこじ開けられて、壊れちゃいそう……んんんんッ！」

壊れそうなのは豪の逸物もおなじことだ。朝子のなかで取り戻した余裕も削ぎ落とされ、ふたたび射精前の脈動に包まれてしまう。

(ここまできたら、出すまで一気に動くしかない……！)

勢いまかせに動くことにして、美里の締めつけ地獄から脱出する。

するとひとり、あからさまに身を震わせる者がいた。

「ああ、いや、待って……！　こんな、みんなと一緒くたなんて……！」

桐枝のモチモチした尻が切なげに震えていた。

つうぅ——と、内ももに雫《しずく》が伝う。マイクロビキニのせいで隠すべき欲情を隠しきれていない。嫌がっているように見せて期待している、いつもの桐枝だ。

（せっかくだから――）

豪は意地悪な気持ちに従って行動した。

まず久留美にねじこむ。

「え、あ……久留美ちゃんに……？」

「あっはぁ、きたきたぁ！　私にピュッピュしたいの？」

彼女の腰振りを愉しみながら、負けじと突きまわす。激しく動いても挿入が解けないようたがいに呼吸を読んでいた。

さらに亀頭が痺れたところで引き抜き、次は朝子に挿入。

「あぁんッ、中出しされちゃうッ、浮気で種付けされちゃううッ」

とにかく乱暴に突いた。彼女の尻肉に自分の腰を埋めるつもりでバチンバチンと音を鳴らして快感を高めていく。

尿道がじわじわ熱くなってきたところで次へ。当然ながら美里。

「はしたない穴をご自由にお使いくださいぃ、んんっ！　あはぁあああッ……！」

若々しい尻を強くつかんで固定し、暴力的に肉壺をえぐり返した。ついでに尻を叩くと反応もいい。

睾丸が熱くなり、本当の限界を感じた。

「出すぞ、みんなッ……！」

宣言すれば人妻たちが歓声をあげる。

「ちょうだい、中にっ、ほらほら彼氏より濃いの流しこんでよぉ」

「あのひとの匂いを上書きするぐらい、たくさんちょうだぁいッ……！」

「お薬飲みますので、どうぞ好きなだけ中で気持ちよくなってください……！」

「おおぉッ……！」

豪は股間の忍耐力を一気に解放した。

挿入して、射精する。

久留美に、朝子に、美里に。ひとりずつ中出ししていく。引き抜いてまた挿入するまでは射精を無理やり止めて、三人均等に。

「あ、あぁぁ、出してる……！　カンゴくんが、みんなに……！」

桐枝はひとり取り残されていた。三人が絶頂していく様を見せつけられ、ダラダラと愛液をお漏らしするばかりだ。

(自分からほしがってくれるといいんだけど)

豪なりの駆け引きだが、射精していると細かい考えが吹っ飛ぶ。

最後には三人の尻にぶちまけて射精を終える。ラブホテルの風呂場なので膣から吹きこぼれても気にする必要はない。

「はあーっ、やっぱり中出しが一番効くわぁ」

「先生のはお腹の奥まで染みこみますからね……うふふ」

「うちの旦那の精子では届かない場所で泳いでる気がします」

三人は満足げにほほ笑み、ゆったりと身を起こす。豪に向き直って、抱きつき、唇を重ねてきた。奪いあうように舌を絡めて吐息を乱す。

事後の余韻に酔いしれそうだが、本番はこの後である。

「桐枝さん、どうしますか？」

豪は取り残された人妻に問いかけた。

いつもの桐枝なら折れていたところだろう。溜めこまれた肉欲のまま、驚くほど乱れてくれるはずだった。

だが、このときの彼女は豪の予想と違う行動を取った。

「帰ります……」

ゆっくりと立ちあがり、背を向ける。

「え、それは……なにもせずに、ですか」

「ええ……」

桐枝はすこし間を置き、震える声で言った。

「明日はあのひとの、命日なので」

想定外の言葉に豪は凍りついた。

浴室を出て行く桐枝の後ろ姿に、なにも言うことができない。

逸物の愉悦も忘れるほどに後悔するばかりだった。


翌日、喫茶キリエは休業だった。

桐枝は午前中に夫の墓参りを済ませて帰宅する。

毎年の行動パターンからすればそうだと、朝子が豪に教えてくれた。

「行ってごらんなさい、彼女の家に」

意外と言うべきか、背中を押された。お節介かもしれない。

「いまさら気後れしても手遅れだし、やるだけやってみなさいよ」

久留美はカラカラと笑って肩を叩いてきた。

「避妊薬が必要ならいつでもどうぞ」

美里の発言が一番えぐいかもしれない。

豪は後悔を抱えたまま桐枝の住まうマンションを訪れた。

そもそも家にあげてもらえるのだろうか？

けんもほろろに追い返されてもおかしくないのではないか。

生来の気弱さが込みあげてくるが、同時に強気な自分も首をもたげる。人妻たちとの経験で培われ、背中を押されたことでいっそう色濃くなった一面だ。

マンション入り口で部屋番号を押して呼び出す。

『はい、どちらさまでしょう』

「菅です。先日は失礼いたしました」

桐枝はすこし黙りこみ、普段より低めの声で応じた。

『どうぞ』

透明ガラスの自動ドアが開かれて、豪はマンションに招き入れられた。

エレベーターに乗って五階まで運ばれるあいだ、服装に乱れがないか確かめる。

到着すると目標の部屋まで一直線に進み、インターホンを鳴らす。

「どうぞ」

桐枝は玄関ドアを開けて豪を招き入れた。

瞠目《どうもく》せざるをえない光景だった。部屋がではなく、桐枝自身が。

黒一色の着物にひっつめ髪の、厳《おごそ》かな姿である。

「毎年夫の命日にはこの服装でいます。自分が夫のものだと自覚するために」

いつもより冷たい口調は夫に操を立てるためのものだろう。

「こちらにおかけになってお待ちください」

桐枝は豪をダイニングテーブルの椅子に座らせるとキッチンに向かった。コンロでヤカンに火を入れ、棚から茶菓子を出す。ヤカンの湯が沸くと、急須に湯を注ぐ。洋風の喫茶店とは違う香りが広がった。

ダイニングから覗ける桐枝の横顔は物憂げで、やはり普段とは空気感が違う。

(ぜんぜん違う、けど……なんだか、色っぽい)

朗らかな喫茶店店長とも違えば、翻弄される大人の女でもない。

ひっつめ髪の後《おく》れ毛がひどく色っぽい未亡人がそこにいた。

和服のせいか胸は押さえこまれている一方、尻が淫靡なラインを描いている。昨日もてあそぶことのできなかった下肢が秘められているのだ。

むくり、と節操なしに豪の股間が張りつめる。

状況を鑑《かんが》みれば退くべきときだ。愛した夫を悼《いた》む日にほかの男が未亡人を惑わすなどあってはならない。

けれど、それならなぜ彼女は豪を家にあげたのか。

その気がなければ、マンションに入れない選択肢もあったはずだ。

「桐枝さん」

豪は椅子から立ち、キッチンの彼女に近づいた。

後ろから肩に手を置くと、彼女の体が如実にこわばる。

「いま、火を使ってるから……」

「火を使ってなければいいんですか？」

肩から腕に手を滑らせ、腰へと飛ぶ。すこし揉んだだけで桐枝の尻がクンッと跳ねた。偶然か必然か、豪の股間に擦りついてくる形だった。

「今日は……あのひとの、命日ですから……」

「なら、余計にです」

豪の口は勝手に開いて言葉を紡いでいた。

「旦那さんは、もういないひとです」

豪は桐枝を抱きしめた。

後ろから腕をまわし、襟《えり》からのぞける白い首筋に唇を寄せて。

「桐枝さんを、俺のものにしたいです」

「ダメよ……私はずっとあのひとのものでいると誓ったから」

「体はもう何度も俺のものになったよ？」

ちゅ、ちゅ、と首筋を吸いながら、帯から下腹へと手を這わせる。着物のなめらかな生地が滑りやすい。秘処までいかずとも、子宮をうえから押さえるだけで桐枝の体は憂悶した。

「あっ、はあぁ……こんな日にも、こんなことをする気なの……？」

「するよ。だって俺……旦那さんに嫉妬してるから」

醜くとも素直な気持ちだった。

自分より先に美しい桐枝と出会い、肉体関係を持った赤沢某が妬《ねた》ましい。憎い、と言ってもいいだろう。

最初に出会ったのが自分であれば、彼女に不貞を強いる必要もなかった。

「カンゴくん……でも、私はあなたよりずっと年上なのに」

「同い年の女は、こんなにいい匂いしないよ」

豪は鼻を鳴らして彼女の体臭を嗅いだ。甘酸っぱい少女の匂いとは違う。甘みが熟成された味わい深い芳香は豪の脳を支配し、狂わせる。

止まれるわけがなかった。

「マーキングするけど覚悟してね」

「マーキングって……あッ、あぁあぁッ……！」

首筋を強く執拗に吸った。口を離すときはとびきり大きく音を立てる。

赤いキスマークができると、わずかながら溜飲が下がった。

「ほら、もう桐枝は俺のものだよ」

「ち、違う、違います……！　私はいまでもあのひとの……」

「なら紹介してよ。旦那さんの写真はどこ？」

桐枝は息と言葉を飲みこんだ。答える気はない様子だが、その瞬間の目の動きを豪は見逃さない。

リビングに視線をやれば、ローテーブルの中心に写真立てがあった。

いまより若い桐枝と、すこし年上の優しげな男性が並んで映っている。心なしか、すこし豪に似ていた。

命日に彼の写真を見て懐かしんでいたのかもしれない。

（なら、好都合だ）

豪はリビングまで桐枝を引っ張り、あらためて正面から抱きしめた。

「桐枝、キスしよう」

目を見張る桐枝の口に、唇を寄せていく。

案の定、口のまえに手の平が置かれた。

「だめっ……！」

「ダメじゃない。愛しあってる証拠を見せてあげようよ」

豪は桐枝の両手首をつかんで左右に押しのけた。

無防備な唇にかぶりつく。

それぐらいの抵抗も想定内。豪は指先で彼女の耳朶《みみたぶ》を軽く撫でた。

「ぁッ」

桐枝の唇はとっさに内側へ折りこまれ、口づけが成立しない。

「んんっ、んんんーっ」

かすかに口が開いた瞬間、舌をねじこんだ。

「んむぅッ、ひやっ、あんんんッ」

桐枝とははじめてのキスだった。感動に脳が白くなりそうだが、豪は意志を強く保って舌を絡めていく。自分が愉しむためよりも、彼女が気持ちよくなることを意識して。これまでの経験すべてを舌ひとつにこめた。

「ぁうッ、はぁあっ……！　れうっ、んちゅっ、あむっ……！」

声がゆっくりとろけ、腕にこもっていた力が刻々と抜けていく。全身が水飴になったかのように頼りなげに揺れていた。彼女にとっても久しぶりのキスは相当な威力だったのだろう。

亡き夫の写真のまえで、未亡人の体が熱に囚われていく。

豪は確信を持って彼女の尻をつかんだ。

「あぁあッ……！」

桐枝は解放された手で間男を拒むでもなく、むしろ胸元にすがりついた。つづいて胸を揉まれれば、もう一方の手でもすがりつく。

「俺のものにするよ、桐枝」

くり返される言葉に対し、桐枝の回答は違ったものとなっていた。

「アナタ……ごめんなさい」

未亡人の敗北宣言だった。

豪は獣となった。


柔らかなカーペットに組み伏せ、喪服をはだけさせた。

窮屈な襟元を無理やり開けば、豊かな乳房が雪崩《なだ》れ出る。どうやって押しこめていたのかわからない肉乳に、豪はむしゃぶりついた。

「あッ、はああッ！　だめっ、気持ちよくしないでぇッ……！」

それはせめてもの貞節だったのかもしれないが、豪は聞く耳を持たない。

胸だけでなく下もはだけさせる。むっちりした太ももを暴きだす。ふくらはぎから白足袋《しろたび》までの曲線まで、すべてが肉感的で艶めかしく、愛おしかった。

「俺のものだ……！　桐枝は俺のものだ……！」

うわごとのように呟きながら乳首を軽く嚙む。

「ひんんッ！　ぁあああぁッ！」

柔腰が跳ね動いて尻が持ちあがると、秘すべき股間が露《あら》わになった。

紅裂はしとどに濡れ、濃い陰毛で蒸れあがっている。たまらないメスの臭気が立ちのぼって、男の塊を屹立させた。

豪は服をすべて脱ぎ捨てた。

「ハメるぞ……！　桐枝、俺のものになれッ！」

想いが結実する瞬間をまえにして、焦らしもテクニックもない。

準備万端の熟穴へと生の男根を叩きこんだ。

「あぁあぁあッ……！　あーッ、あはぁあぁぁああぁーーー～ッ！」

桐枝は乳房を跳ねあげ痙攣する。ひと突きでの絶頂だった。

ミミズ千匹の膣内を満たす快楽の蠕動《ぜんどう》のなか、男の槍は容赦なく前後する。

「ひっ、あぁぁあッ！　イッてるッ、カンゴくんッ、私イッてるのッ……！　んぉおおおッ、イッてるのにぃいいッ……！」

「入れただけでイクなんて相性バッチリってことだよ！　だからもっと気持ちよくしてあげるよ、桐枝……！　俺が世界で一番桐枝を気持ちよくできるんだ！」

一見すると乱暴な腰遣いだった。

力いっぱい突き、抜ける寸前まで引いて、また突く。

若者らしい勢いのある突きこみである一方、技術もけっして軽んじていない。角度をやや高めにし、腹側のGスポットを的確に打ち、膣襞をかきわけながら子宮口を餌食とする。快楽ポイントを絶対に外さない女泣かせの腰遣いだった。

乳首責めも荒々しさと技巧が両立している。

唇と舌、歯で右乳首をいじめながら、乳肉も適度にマッサージ。興奮で感度があがっているいま、強い刺激も快感神経に伝わりやすい。

左乳首は指でいじる。指先で転がしたかと思えば、つまんで引っ張る。こする。こねまわす。つねに新鮮な刺激で追い詰めていく。

「ひぃッ、ああああッ、またイクッ、イクぅうううぅうッ！」

さきほどの絶頂から解放されてほんの一瞬、またオルガスムスが積み重なった。

ほかの女たちにくらべると桐枝はセックス慣れしていない。亡夫ともあまり回数はこなしていないのだろう。夫に操を立てて女盛りの三十代をすごすうちに、性感神経だけが発達したのではないか。

(俺とのセックスで気持ちよくなるための体になったんだ)

とんでもない言いがかりだとわかってはいる。

それでも思わずにいられないのだ。

この体は自分のために仕立てられたものだと。

だからこんなにも夢中になれるのだと。

いままでのだれとも違う極上の女。おっとりして見えて浮気大好きな淫乱だった朝子、可憐にして冷静沈着でありながら被虐奉仕趣味の美里、底抜けにあっけらかんとセックスを好む久留美、彼女らとくらべても段違いに愛しい。

もっと抱きたい。

もっとよがらせたい。

手と口とペニスを駆使するうちに、喪服の美女はとろけてしまっていた。

「はへっ、あへぇええっ……」

四肢を床に投げ出し、焦点のあわない目で宙を見つめる。ひっつめ髪の後れ毛が汗で肌に張りつき滅法色っぽい。尻の下でカーペットには大きな染みができていた。買い替えが必要かもしれない。

「どう、してぇ……！」

腰をもぞもぞ動かしながら、桐枝は問う。

「どうしてカンゴくんは、こんなに私を気持ちよくできちゃうのぉ……！」

豪が腰を止めても、桐枝の動きは止まらない。

自然と快感を求め、間男の肉棒を貪り喰らおうとしている。

「それはね、桐枝」

豪は深く深く、彼女の内側におのれを埋めた。

最奥の感じやすい肉口を擦り潰すようにして、ゆっくりと腰で円を描く。

「あぁあああッ、なんでっ、なんでぇええっ……！　ひああッ！」

彼女がまた法悦の高みに達するのを待ち、豪は耳元で言った。

「桐枝の体が俺を求めてるからだよ」

そして腰を前後に振る。力強く殴りつけるように。火照りきって柔らかくなった肉膣にぴったりの強引さで。

「ぁあああッ、そうかもッ、そうなのかもッ、ぉんんんッ！　私っ、カンゴくんとセックスしてから、そのことばっかり思い出して、オナニーしてたぁ……！」

なんとも嬉しい告白ではないか。男なら昂ぶらざるをえない。

豪は唇で喉元を吸い、顎をなめ、唇の間近で声を吹きかけた。

「心でも求めてよ、桐枝」

「心で……？」

「愛情をこめてキスしよう」

答えは聞くまでもなく、唇を重ねても抵抗はなかった。

舌を差せば絡みつき、吸えば吸い返される。唾液を流しこめば飲んでくれた。愛しげに、恋しげに、夫婦が想いを交わすかのように。

――愛してる。

言葉がなくともささやきが聞こえた気がした。

「桐枝、桐枝ッ……ちゅっ、ぐちゅちゅっ、にゅちゅッ！」

「カンゴくん、んちゅっ、ぶっちゅうっ！」

舌を口から出しあって絡めたりもした。

顔ごと動かして、より激しい口づけを演じることもあった。

その拍子に、桐枝の目がわずかに横を向く。

写真立てが視界に入ると、彼女は目が覚めたかのように表情を引き締めた。

「ア、アナタ……私は……」

「こっち見て、桐枝」

豪は桐枝の頰をつかんで自分のほうを向かせる。

「いまここで誓って。これからは俺を愛しますって」

「それは……！」

「いまさらだよ。ち×ぽねじこまれて、こんなにおま×こ濡らして、めちゃくちゃエロいキスしといて、それでも俺のことなんにも想ってないの？　桐枝はなんとも思ってない相手とこんなセックスするような淫乱なの？」

「わ、私は……」

返事を逡巡する気配があったので、また唇を吸った。

舌をなぶりながら、膣肉もかきまわす。

乳房も揉みこみ、乳首をいじりまわす。

快楽の渦中で彼女は、ねろりとふたたび舌を絡めてきた。

「ほんとは……もうとっくにわかってたの」

潤んだ瞳で正面から豪を見つめてくる。

もはや写真立てには目もくれない。

「ごめんなさい、アナタ……私、このひとと愛しあいたいの」

その言葉すら豪に股ぐらを貫かれながらである。

「愛しあおう、桐枝。これからは俺とだけセックスしよう」

「ああっ、愛してっ、カンゴくんっ」

より深く唇が重なる。

腰がバチュンバチュンとすさまじい肉音を立てる。

通じあった想いがふたりの体を引き寄せているかのようだった。

「うっ、くうぅぅッ……！」

とびきり湿り気たっぷりのキスをしながら、豪は暴発寸前である。それでも腰を止めずに襞穴を突きまわした。

「あちゅっ、んーちゅっ、べろべろッ、れろぉんッ……！」

桐枝は夢中でキスをするばかりか、とうとう豪の首を抱きよせてきた。あまつさえ、脚を腰に絡みつけてくる。本気で求めていなければできない体勢に、いよいよ豪の肉竿も限界を迎える。

「桐枝ッ、桐枝っ……！　ちゅっ、ぐちゅるッ、むちゅッ」

「カンゴくんっ、カンゴくんっ！　ちゅばッ、ちゅむッ、むちゅううぅッ」

ふたりは最後に強く強く抱きしめあって、絶頂を分かちあった。

豪は魂を弾丸にして飛ばすように射精した。未亡人の柔らかな肉に埋もれていく心地で、しかしそれに甘えず、彼女のすべてを奪うつもりで。

桐枝は心のすべてを震わせるように全身を痙攣させた。過去のしがらみを忘却し、いまこの瞬間の快楽になにもかも捧げるがごとく。

「はぁああッ、中、おま×このなかぁ……！　んぁああぁッ……！」

脚で豪の腰を引き寄せながら、灼熱の粘液に酔いしれる。もはや貞淑な表面を取りつくろうことすらない。ただ愛する者との貪りあいに溺れていた。

男が放出し、女が腹で飲みこむ。

爽快感と充実感がそれぞれの心と体を満たした。

「はあ、はぁ、カンゴくん……こんなおばさんでも、本当にいいの？」

「桐枝はおばさんじゃなくて、とびきりエロい俺の女だよ」

豪は言った。

彼女だけでなく、いまは亡き夫に向けても伝えるつもりで。

「嬉しい……嬉しいわ、豪くんっ！」

桐枝は少女のようにすがりついてきた。

夢中で顔にキスをくり返す。

「桐枝、桐枝っ……！　俺の、俺だけの桐枝……！」

負けじと豪もキスを返した。

自然と唇が触れあい、舌が絡み、唾液が行き交った。腰も動き出し、ふたりはさらなる享楽を求めていく。

おなじ体位で一発。

後背位にして一発。

立ちあがらせ、ハメたまま寝室まで歩かせて、ベッドに手を突かせて一発。

さすがに疲れても桐枝の口で蘇り、ベッドで抱きあって愛撫を重ね、たがいの興奮と感度を高めに高めたうえで、ふたたび正常位で抱きあう。

「俺の子供、産んでくれ……！」

「はい、豪くんっ……！　あなたの赤ちゃん、産みたいッ……！」

たがいに求めあうものを与え、貪るために。

ふたりは至福の絶頂へと登りつめたのだった。


それから年月が経ち、桜が何度も散り乱れた。

カンゴこと菅豪は大学を卒業して数年後、喫茶キリエにエプロン姿で立っていた。

客が店に入っても泰然自若《たいぜんじじゃく》。落ち着いて妻が接客するのを待つ。

「いらっしゃいませ、朝子さん。お席ご案内します」

「ありがと、奥さま。うふふ、先生もこんにちは」

茅場朝子がおっとり笑顔で言う。

「こんにちは、茅場さん。俺はもう先生じゃありませんよ」

パソコン教室のバイトはとうの昔にやめている。

大学卒業と同時に豪は喫茶キリエに就職し、いまでは立派なマスターである。コーヒーの淹れ方も堂に入っているし、軽食ぐらいなら簡単に作れる。どちらもまだまだ妻のほうが上手なのだが。

カラン、と入り口のベルが鳴り、対照的な二人の美女がやってきた。

「あら、美里ちゃんに久留美ちゃん」

「失礼します。今日もオリジナルブレンドで」

「どうも先輩、マスター。今日はガツンと食べたいなぁ」

薬師寺美里と白鳥久留美は朝子とおなじテーブルを囲んだ。

美里は相変わらずだが、久留美はすこし変わった。左手の薬指に指輪をはめているのだ。数年前に恋人と結婚し、いまでは二児の母だという。

子を産んだのは朝子と美里もおなじである。

たぶん時刻的に、このあと幼稚園に子どもを迎えにいくのだろう。

なぜかたまたま出産時期が近かった三人の子ども。

(俺に似てる気がするんだよなぁ)

妊娠した日を逆算するのはやめておいた。恐ろしい結論が出てくるだろうから。

欲望に屈した日々は過去のこと。

いまの豪は妻一筋なのである。

「マスター、オリジナルブレンド三つ。ゴハンは私が作っちゃうから」

桐枝はチャーミングなウインクをして厨房に入ってきた。

「済んだら幼稚園に送迎お願いね」

「はい、アナタ」

彼女とのあいだに子どもはひとりいる。困ったことに結婚前にできてしまった子であり、人妻三人の子と同い年である。

欲望の結果だとしても、いまはふたりの幸せの結晶だった。


（了）

※本作品はフィクションです。作品内に登場する
団体、人物、地域等は実在のものとは関係ありません。

肉欲《にくよく》の種《たね》付《つ》け商店街《しょうてんがい》

〈書き下ろし長編官能小説〉

2022年5月23日初版第一刷発行

著者……………………………………………… 葉原 鉄

デザイン…………………………………………小林厚二

発行人……………………………………………後藤明信

発行所………………………………………株式会社竹書房

〒102-0075 東京都千代田区三番町8-1

三番町東急ビル6F

email：info@takeshobo.co.jp

竹書房ホームページ http://www.takeshobo.co.jp

印刷所…………………………………中央精版印刷株式会社

■定価はカバーに表示してあります。

■落丁・乱丁があった場合は、furyo@takeshobo.co.jp までメールにてお問い合わせください。

好評既刊

長編官能小説
ふたたびの熟れ肉
鷹澤フブキ 著
不本意な終わりを迎えた元彼女たちと再会した時、欲情の火は燃え上がる…鬼才の描く快楽のリテイクロマン！
770円

長編官能小説
絶対やれる健康診断
杜山のずく 著
夫婦の倦怠期に悩む男は、美人女医の勧めで性欲を取り戻す特別な健康診断を受ける…！　白衣ハーレムロマン！
770円

長編官能小説
湯けむり商店街
美野　晶 著
さびれた商店街に住む青年の土地で温泉が湧き、彼の周辺には淫らな女たちが集うように…。温もり誘惑ロマン！
770円

長編官能小説〈新装版〉
囚われた女捜査官
甲斐冬馬 著
気高く美しい女捜査官コンビを待ち受ける快楽地獄の罠！　想像を超える責め苦に女肌が悶え喘ぐ圧巻凌辱エロス。
770円

長編官能小説
発情温泉の兄嫁
北條拓人 著
憧れの兄嫁と旅行中、青年は美人若女将や奔放な女客に誘惑され、兄嫁とも一線を超える…。混浴の快楽ロマン。
770円

好評既刊

長編官能小説
孕ませ巫女神楽
河里一伸 著

地方神社に伝わるお神楽に発情した美人巫女たちは、青年との愛欲に耽る。肉悦と誘惑の地方都市ロマン長編！

770円

長編官能小説
ふしだら田舎妻めぐり
桜井真琴 著

地方回りの部署に移動となった青年は山村で農家の人妻、離島で美人姉妹らに誘惑されて…！ 女体めぐりエロス。

770円

長編官能小説
なぐさみ温泉の肉接待
永瀬博之 著

妻を亡くした中年の元教師は、美しく成長したかつての教え子たちに温泉で淫らに慰められる…！ 悦楽ロマン。

770円

長編官能小説
禁欲お姉さんの誘惑
八神淳一 著

夫の浮気、仕事漬けの毎日…。訳あって禁欲生活を強いられた美女たちに青年は誘惑されて!? 熟肉ラブロマン！

770円

長編官能小説
ほしがる未亡人
庵乃音人 著

憧れの兄嫁とともに亡き兄の事業を継いだ男は、淫らな裏事業として未亡人に快楽奉仕を!? 豊熟の誘惑エロス！

770円